Le moine rouge de Carantec

Aux Éditions Alain Bargain

Dans la collection ***POL'ART :***

Serge Le Gall
- Sombre dessein à Pont-Aven
- Meurtres du côté de chez Proust
- Eaux-fortes à Sainte-Marine

Loïc Gourvennec
- Le râle du basson

Yves Horeau
- Monsieur Butterfly

Renée Bonneau
- Nature morte à Giverny *(épuisé)*
- Séquence fatale à Dinard *(épuisé)*
- Sanguine sur la Butte

Stéphane Jaffrézic
- Toiles de fond à Concarneau

Serge LE GALL

Le moine rouge de Carantec

Collection

ENQUÊTES & SUSPENSE

Quadri Signe - Editions Alain Bargain
125, Vieille Route de Rosporden - 29000 Quimper
E-mail : editions.alain.bargain@wanadoo.fr
Site Internet : perso.wanadoo.fr/editions.bargain

« Le trésor du prince
Se cachait au tombeau.
Les chiens de guerre
En cherchaient l'entrée.
La rivière de leur sang
A emporté la clef. »

Uchen Yang,
Infatigable voyageur chinois
(Période des Cinq Dynasties - Xe siècle)

« Tous les hommes rêvent mais pas de la même façon. Mais ceux qui rêvent de jour sont dangereux, car ils sont susceptibles, les yeux ouverts, de mettre en œuvre leur rêve… »

Thomas Edward Lawrence
(Lawrence d'Arabie)

I

D'abord, il ne vit rien. Ou presque rien.

C'était comme un magma sombre, là-bas, près de l'embarcadère pourri, juste en amont de l'embouchure. Puis il perçut des bruits sourds qui furent suivis aussitôt par un clapotement irrégulier. Une minute plus tard, il entendit un cri étouffé, brutalement interrompu, comme si l'on bâillonnait quelqu'un. Il se passait des choses pas très catholiques dans les méandres de la Penzé.

Théo retira sa foëne de l'eau. Ce redoutable instrument de pêche à dents multiples laissait peu de chance aux poissons qui croisaient à proximité. Une douzaine de dards jouant une partition cruelle n'engendre pas le même plaisir que le spectacle des danseuses de cabaret aux jolies gambettes bougeant en un bel ensemble…

Deux superbes soles, luisantes sous la lune, se contorsionnaient, le corps transpercé par les dents acérées de l'outil meurtrier. Théo n'avait pas son pareil pour piquer les poissons plats avant que ceux-ci, alertés par un simple remous, déguerpissent vers des fonds plus cléments.

Même si ce harponnage artisanal mettait du beurre dans les épinards, cette pêche nocturne n'était qu'une couverture pour approcher les parcs à huîtres et se servir copieusement.

Surtout quand les fêtes de fin d'année approchaient. Les professionnels engageant des agents de sécurité pour patrouiller la nuit, le jeu devenait d'autant plus dangereux. Plus attrayant aussi.

Théo faisait commerce de ses larcins nocturnes autant pour soigner sa trésorerie moribonde que pour jouer avec le feu. Sa propre vie n'avait plus aucun sens à ses yeux.

Pour œuvrer plus simplement, Théo s'équipait d'un sac à dos renforcé par une plaque de plastique épais afin de rigidifier l'ensemble. Bien malin, il avait bricolé un système à la base du sac pour que la poche se vide en un rien de temps s'il était coincé par un poursuivant. Ainsi, il pourrait se parer d'innocence tout en jubilant intérieurement.

Sans jamais quitter des yeux l'endroit d'où parvenaient les bruits étranges et foncièrement terribles, le braconnier détacha les poissons d'un geste précis, la main grande ouverte et les doigts en pattes de crabe, et il les glissa dans son panier de plastique vert en prenant les précautions d'usage pour ne pas abîmer la marchandise. Cette sorte de vivier provisoire, brinquebalé par les mouvements de son porteur, créa un court clapotis en battant la surface de l'eau. Pas davantage.

— Encore des empêcheurs de braconner en rond ! dit-il à voix basse en reniflant comme s'il remontait sa charrette au grenier. Des voleurs d'huîtres ou de moteurs hors-bord.* Ici, c'est selon ! Il y a toujours du miel à se faire. Peu leur importe les dégradations, à ces pirates, pourvu que la pêche soit miraculeuse ! J'aimerais tant qu'on me laisse en paix !

Une masse grise remontait la rivière avec la marée. Elle venait lentement dans sa direction, accompagnée du chuintement habituel de la coque d'un navire glissant sur l'eau calme. Comme les ciseaux du tailleur coupant un tissu épais avec précision.

Sans peine, l'homme immobile reconnut un chaland, du type de celui que l'on utilise couramment pour les activités ostréicoles. Celui-ci ne faisait pas partie des antiquités navales faites de bois enduit de goudron et imprégnées de la sueur des hommes. Non, il s'agissait plus simplement d'une barge moderne en aluminium récemment construite par un chantier de Carantec avec cabine fermée et mât de charge.

En plissant les yeux comme un reptile, Théo se parla encore à voix basse :

— Si je reste là, sans bouger d'un poil comme un imbécile, il va m'éperonner !

Il repositionna son sac à dos bourré d'huîtres charnues puis il releva son outil de harponnage et le saisit aux trois quarts du manche pour l'équilibrer avant

*Lire *Corps-mort à l'Île de Batz*, même auteur, même collection.

d'entamer sa manœuvre de repli stratégique vers la terre ferme. Il affectionnait cette formule pudique souvent employée pour masquer les fuites les plus honteuses des armées en déroute.

— Mais que font-ils donc sur la rivière à cette heure-là ? marmonna-t-il d'une voix sourde que, seuls, les poissons épargnés par son instrument de torture auraient pu entendre.

Il gagna le bord du chenal en traînant les pieds pour réduire le son et, surtout, pour éviter de créer des remous. Tous les pêcheurs à pied connaissent bien les signes qui risquent de trahir leur présence sur l'amont du fil de l'eau. Ils n'ont aucunement envie de signaler les meilleurs coins de pêche aux concurrents à l'affût !

Dans un mouvement calculé et donc silencieux, il s'accroupit sur la vase pour offrir moins de prise aux regards. Le chaland passa lentement près de lui, presque religieusement. À la manière d'une veillée funèbre calquée sur la légende arthurienne. Pour un peu, on allait se mettre à chanter des cantiques tristes à pleurer en regardant le frêle esquif s'éloigner, nimbé d'un rayon de lune blafard.

L'heure n'étant pas à l'envolée lyrique, il reprit son observation. Il remarqua sans peine qu'il y avait plusieurs hommes à bord du chaland. Il lui sembla aussi qu'une forme – un corps ? – était allongée sur le pont. Il admit sans discussion qu'il n'était plus question de voleurs nocturnes. Son œil d'oiseau de nuit, regarda, un à un, les occupants de la barge. En signe de dégoût, il cracha un jet de salive. Précis comme du jus de chique ! Il comprit qu'il n'aurait jamais dû sortir cette nuit-là.

Il laissa l'étrange équipage se fondre dans le noir vers l'amont au gré de la marée montante puis il retourna au bord du chenal pour laver la vase molle et collante qui maculait le bas de son ciré et ses cuissardes. Il se dit qu'il avait bien fait de ne pas s'affubler d'un ciré jaune comme tous ces pêcheurs du dimanche. Le braconnier qu'il était devenu par choix n'aurait jamais fait cette faute de goût. Autant se signaler directement aux ostréiculteurs et autres garde-pêche à l'affût des noctambules dans son genre ! Ou à d'autres encore…

Une fois débarrassé du limon grisâtre salissant ses vêtements de travail, il marcha sur quelques mètres afin de retrouver la jonction du chenal avec un modeste affluent. Il s'engagea lentement dans le lit du ruisseau creusé dans la vase pour regagner la berge.

II

François caressa délicatement le corps de Sandra.

Ce soir, elle ne s'était pas défilée, la garce. Depuis le temps qu'il l'observait à la dérobée quand elle manipulait avec dextérité les coquilles dans le petit hangar situé près des parcs ! Il y avait là une machine à godets basculants pour trier les huîtres selon leur calibre. Sandra l'alimentait en chantonnant. Elle couvrait ainsi le cliquetis métallique qui devenait agaçant à la longue. C'est avec gourmandise qu'il appréciait l'agilité de ses doigts au point d'en avoir le souffle court et le corps tendu, prêt, disponible.

Il l'imaginait très bien, dépouillée de ces horribles vêtements de travail qui cherchaient à masquer la moindre féminité sans réellement y parvenir. L'ouvrière savait toujours oublier de fermer le bouton du haut, échancrer sa blouse en prétextant la chaleur ou s'asseoir les genoux un peu hauts en suçotant un doigt comme une jeune fille rêveuse se dévoilant en toute innocence.

Mais il ne croyait pas une seconde à l'honnêteté du geste ou de l'attitude. Cette candeur délicieuse masquait mal les grosses ficelles qui se cachaient derrière.

François la soupçonnait de se donner des airs d'ingénue qu'elle n'était plus depuis belle lurette pour attirer les regards des hommes et le sien en particulier. Et elle y parvenait à coup sûr. Quand il fermait les yeux, il croyait la sentir le toucher et il était parcouru de frissons interminables. Il espérait connaître ce moment autrement que dans un rêve. Il savait qu'il n'y résisterait pas. Pas longtemps…

Elle aussi le regardait discrètement, semblant l'inviter de ses yeux humides comme une biche traquée par la meute sanguinaire. Elle avait envie d'autre chose, d'aventures insensées et de passions éphémères en usant du don d'elle-même pour être aimée en retour avec l'illusion d'avoir enfin rencontré le grand amour. Une aspiration devenue légitime à cause d'une vie quotidienne trop morne, faite de renoncements et d'accouplements incertains à force d'habitude. Mais son mari, un grand escogriffe pas facile à friser, la surveillait comme un magot, voire un pot-au-fcu maison, vu son goût pour les nourritures roboratives.

À la nuit tombée, au moment où il fermait la fenêtre du pigeonnier lui servant de logement, François avait aperçu la donzelle qui se promenait nonchalamment le long du bassin servant à l'affinage des huîtres avant de les conditionner pour la vente. Le hasard faisait très bien les choses. Il était bien placé pour le savoir.

Sandra était vêtue d'une jupette très courte et serrée qui semblait la contraindre à avoir cette démarche un peu raide et saccadée à la manière des geishas. Elle portait une sorte de blouson rose de pom-pom girl à col Mao ouvert sur un tee-shirt largement échancré. De son poste d'observation, il pouvait voir la courbure inférieure des seins légèrement comprimés par le tissu tendu. Une panoplie complète pour une invitation à la débauche !

Elle tirait nerveusement sur sa longue cigarette, la bouche en cul-de-poule comme elle avait vu faire les vedettes dans les vieux films à la télé. Elle avait une singulière manière de tenir l'étui de tabac blond comme si elle faisait attention à des doigts manucurés aux ongles peints. Elle oubliait que les siens, plongés dans l'eau froide et triant des huîtres toute la journée, semblaient plutôt appartenir à un travailleur de force qu'à une gravure de mode. Ce n'était pas un problème pour elle. Sur ses ongles abîmés, elle appliquait du vernis sans pour autant les avoir débarrassés de la couche ancienne. Forcément, ça s'écaillait très vite, mais elle s'en fichait éperdument. Tout en jouant avec conviction son rôle de starlette en quête de contrat mirifique qui ne viendrait jamais, elle gardait les yeux fixés sur la fenêtre que François refermait très lentement pour ne rien perdre du spectacle. Elle rejetait la fumée en s'appliquant comme si elle tentait de créer des anneaux parfaits. Malgré son envie de bien faire, elle n'y parvenait pas vraiment. Elle gardait son sérieux au point de rendre émouvante et désespérée sa tentative de jouer dans la cour des grandes.

François sut tout de suite qu'il n'y aurait pas de meilleure occasion. Et surtout qu'il n'y en aurait pas d'autre du tout. La miss ne s'offrirait pas ainsi tous les soirs. Elle se lasserait bien vite de tenter le diable surtout que son mari veillait au grain. Il était question d'opportunité, de chance à saisir. De coup de cœur aussi.

Cascadec était bien occupé ce soir. Il ne viendrait pas les surprendre. Bientôt, il devrait tout laisser tomber et disparaître sans laisser de traces. S'il voulait garder un souvenir brûlant de la blonde Sandra, il était temps d'agir.

François avait chaud. Il sentait la sueur lui perler entre les omoplates. Sa nature primale de mammifère hurlait dedans son corps comme s'il y était lui-même mis en cage. Et ça commençait à faire mal…

En un instant, il fut près d'elle comme un affreux diablotin qui bondit hors de sa boîte. Sandra était formidablement désirable avec ses cheveux blonds oxygénés et son air de fausse ingénue. Elle jouait la Marilyn de campagne avec une conviction qui touchait au pathétique. Il est de ces shampouineuses qui espèrent toujours que le bus communal va les conduire sur Hollywood Boulevard. Pas moins que ça. Elle lui dit qu'un inconnu était venu chercher Louis, son époux, après le dîner. Il lui avait ordonné d'aller se coucher sans l'attendre et les deux hommes avaient disparu dans la nuit. Elle n'en savait pas davantage et les beuveries nocturnes de son mari ne l'intéressaient pas.

François avait remarqué qu'elle n'était certainement pas sortie dans le simple but de prendre l'air après le repas puisqu'elle avait pensé à emporter avec elle le trousseau de clefs du hangar à bateaux.

Qu'à cela ne tienne ! Il n'y avait donc pas de temps à perdre. Les protagonistes étaient d'accord sur le programme. Restait à le mettre en œuvre !

Ils se dirigèrent rapidement vers la cabane en se bousculant comme des collégiens au risque de se faire tomber. Sandra trébucha plusieurs fois, tirant sur le bord de sa jupe en se redressant dans un geste apparemment pudique mais diablement érotique pour un homme jeune passablement excité.

Elle dut s'y prendre à deux fois pour introduire la clé dans la grosse serrure. On aurait dit qu'elle caressait la tige de fer avant de la laisser s'enfoncer franchement dans la cavité. Elle s'en amusa d'un petit rire saccadé alors que François commençait à s'impatienter. Il eut un sourire carnassier quand le panneau de bois s'effaça enfin pour les laisser entrer. L'endroit sentait la peinture et la mer, avec des relents de goémon pourrissant. Qu'importe, ces odeurs-là faisaient partie de leur quotidien et ils n'y pensaient même plus. Ils n'étaient pas en villégiature et ils n'avaient guère le temps de faire la fine bouche en jaugeant l'environnement du lieu de leurs ébats imminents.

François serra Sandra contre lui. Il sentit immédiatement la chaleur de femme lui prendre le ventre. Il l'embrassa sur la bouche avec une vigueur qui essouffla sa partenaire. Il se détacha d'elle un instant pour lui ordonner d'enlever ses vêtements tandis qu'il ôtait les siens.

Une fois dévoilée, il la contempla nue. Elle avait des seins très ronds, façon bols Tupperware, portés hauts et un ventre plat. Il ne prit pas le temps de la détailler davantage. Il l'allongea sur un pan de voile étendu à la hâte sur le sol et il coupa court aux préliminaires. Le temps ne leur appartenait plus.

Un peu plus tard, François entendit la donzelle murmurer qu'il était le plus beau, le plus fort, qu'elle n'avait jamais connu cela avec un autre homme. Balivernes, il savait bien qu'elle employait des mots usés, de ces mots galvaudés par des cohortes d'amants en guise de remerciements.

Il prenait cependant un réel plaisir à les entendre caresser son oreille et, manifestement, son corps restait sensible à ce genre de compliments. Il sentait émerger concrètement un désir nouveau et il en ressentait une certaine fierté. Il la caressa à nouveau, se faisant plus pressant.

— Il faut que je m'en aille maintenant, dit-elle, coupant court aux envies renaissantes de son nouvel amant. Louis pourrait rentrer sans crier gare. Et ce serait ma fête !

Avec un sourire à deux balles découvrant ses dents blanchies aux gargarismes d'eau oxygénée, elle souffla :

— Je penserai à toi.

François ne trouva pas son compte. Il eut un rictus de dégoût.

— Parce qu'il va te le faire au retour, c'est ça ? dit-il avec une pointe d'accent germanique dans la voix.

— Je suis marié avec lui, je te signale ! répondit-elle dans un regain de respect des convenances.

— Après ce que nous venons de vivre ensemble, ça me fait mal de t'imaginer sous les coups de boutoir de ce primate !

François soupira avant d'ajouter :

— Et bien sûr, tu vas crier…

— Tu te fais du mal inutilement, dit-elle doucement en lui prenant la main. Ce soir, nous avons été heureux ensemble. C'est ce qui compte !

Elle avait eu ce qu'elle voulait. Lui aussi. Le reste n'était que phrases emportées par le vent de noroît.

— On le refera, dis ? susurra-t-elle comme une midinette aux joues empourprées qui croque une pomme d'amour.

Grand seigneur, l'amant satisfait répondit en détachant les syllabes :

— Quand tu as envie, tu me fais signe… On se débrouillera !

Debout près de la petite fenêtre aux vitres crasseuses donnant des airs de « *Quai des Brumes* » au décor, l'amant rajustait son pantalon en regardant machinalement au dehors. La faible lune éclairait une partie du chenal, soulignant ses méandres d'une touche laiteuse.

C'est alors qu'il remarqua un chaland qui remontait lentement vers l'amont. Il cacha mal sa surprise. Il n'attendait pas Cascadec de si tôt.

— Sandra, rhabille-toi vite ! dit-il, un peu affolé. Je crois que ton cher mari rentre à la maison !

Un vent de panique se leva comme une tempête en plein désert.

La jeune femme saisit fébrilement sa petite culotte à fleurs. Elle oscilla sur une jambe en tentant de l'enfiler en vitesse. Une fois le sous-vêtement ajusté sur ses hanches, elle s'aperçut finalement qu'elle l'avait mis à l'envers.

— Tu le vois mon bonhomme ? dit-elle, d'un air dégoûté.

— Tu as encore un peu de temps. Il est encore au milieu du chenal. Il doit être un peu chaud pour faire des régates à cette heure…

François scruta la nuit avec davantage d'intensité. Il ajouta :

— Tiens, tiens ! On dirait bien qu'il n'est pas seul ton cher et tendre !

Comme s'il ne le savait pas !

— Une femme ? demanda Sandra. C'est ça, tu vois une femme avec lui ! Je le savais bien qu'il allait voir ailleurs !

François la rassura hypocritement en sachant bien de quoi il parlait :

— Mais non, il ne s'agit pas de ça ! Il est avec des hommes !

— J'aime mieux ! Je t'ai dit tout à l'heure qu'il était sorti avec des amis à lui ! Je ne sais même pas qui, d'ailleurs ! Aide-moi plutôt à retrouver mes vêtements. Il faut que je sois à la maison avant lui sinon il va me tanner le cuir pour que je m'explique. Alors, c'est sûr, tu m'entendras crier ! Et ce ne sera pas pour la bonne cause !

Elle s'accrocha à lui en pliant une jambe, comme elle avait vu faire une actrice dans une scène de cinéma. Elle approcha sa bouche de l'oreille gauche de son amant.

— Dis, si tu m'entends appeler, tu viendras à mon secours ? Il me tuerait sans sourciller, la vache, surtout après ce qu'il a bu au dîner. Deux apéros bien tassés, des grands verres de rouge pour pousser des grands verres de blanc, c'est le tarif habituel. Il dit tout le temps que les mollusques adorent la chair humaine. Il me balancerait à la rivière sans sourciller. Comme une chiffe.

François lui tendit ses babouches.

— Si tu cries, je me boucherai les oreilles. La nuit, le bruit ça me dérange !

Sandra se détacha vivement de lui d'un geste brusque.

— Tu es un beau salaud. Tu as bien eu ce que tu voulais, non ?

— Je ne me rappelle pas t'avoir forcée, précisa-t-il. C'est bien toi qui tremblais tout à l'heure dans mes bras. Je n'ai pas rêvé !

Elle luit prit nerveusement la main.

— Sans cœur !

Elle fit la moue comme si elle allait pleurer avant d'ajouter :

— Tu me fais mal, tu sais !

Il l'enlaça et il sentit immédiatement la chaleur de son corps l'envahir à nouveau. Il regretta d'être dérangé, bousculé dans ce qui était un moment d'amour intense que d'autres n'auraient pas dû avoir le droit de perturber. Il leur en voulut terriblement.

Sandra se sentit tout à coup rassurée. Les bras de son amant d'un soir l'enveloppaient si bien. Elle aurait voulu arrêter le temps et se donner à lui encore et encore, jusqu'au bout de la nuit. Elle savait aussi que ce n'était qu'une chimère. Un rêve de midinette attardée.

En caressant l'oreille de François de ses lèvres humides et chaudes, elle l'implora :

— Surtout, demain au chantier, ne lui parle pas de sa sortie ! Ne fais aucune allusion. Pas un mot. Il serait furieux de savoir que tu l'as vu ce soir sur l'eau. Il n'aime pas qu'on se mêle de ses affaires. En plus, il pourrait avoir des doutes à mon sujet. Tu me promets d'être sage ?

François hocha la tête.

— Ne t'inquiète pas. Je sais donner le change. Je ne dirai rien.

Il la détacha de lui en la tenant par les épaules.

— Tu sais ce qu'il fabrique sur la rivière en pleine nuit ? demanda-t-il, un peu inquiet.

— Non et je n'ai aucune envie de le savoir. Il traque les voleurs peut-être. Il dit toujours qu'il rêve d'en attraper un. Il le tuerait, j'en suis sûre.

— Il ne s'inquiète pas de savoir ce que tu fais pendant ce temps-là ?

Elle balaya la question d'un grand geste de la main.

— Il me croit sous la couette à lire le dernier Modes et Travaux. Pourvu qu'il se tourne tout de suite, une fois couché, et qu'il s'endorme !

François releva le menton.

— J'en doute ! dit-il avec une pointe d'ironie dans la voix.

*

*   *

Théo atteignit la berge. Il secoua soigneusement ses bottes puis il releva la tête. Soudain, il capta une lueur fugace passant derrière la vitre du hangar à bateaux situé en face, de l'autre côté du cours d'eau. Il se figea en statue de sel.

— Encore un insomniaque qui s'est planqué là-dedans dans l'espoir d'alpaguer quelqu'un, dit-il tout bas en ricanant. Peut-être un proprio de parcs veillant sur son patrimoine ! Qui que ce soit, je n'ai pas envie de servir de cible pour finir en trophée. Ils ne m'auront pas ! *Passere mos* !

Il enfourna ses affaires dans un sac de jute fermé par une garcette lustrée par le temps qui passe et il attendit un moment. La fuite n'aurait servi à rien. Il valait mieux rester le dos à la rivière. S'il se trouvait acculé par ses poursuivants, il devrait abandonner ses prises puis il n'aurait qu'à suivre le cours d'eau jusqu'au chenal et traverser celui-ci pour tenter de rejoindre l'autre rive. Il nagerait un peu si nécessaire. Théo avait plus d'un tour dans son sac. Quel que soit l'homme à l'affût, gaffe,* ostréiculteur ou malfaisant, il pourrait toujours essayer de l'avoir.

Il avait envie d'allumer une cigarette, presque par défi, afin de débusquer le guetteur. Il savait qu'il n'en ferait rien. Il n'avait aucunement envie de brusquer les choses. Il n'avait qu'à attendre la suite de l'histoire. Au petit bonheur la chance.

C'est alors que la porte du hangar s'ouvrit brusquement. Une silhouette apparut aussitôt. Immédiatement, il reconnut Sandra. Impossible de la louper celle-là dans son accoutrement de starlette à la noix. Elle se mit à marcher vite vers la maison en ondulant de la croupe. Elle marchait mal à cause de ses minuscules chaussures plutôt faites pour un défilé de mode que pour cette randonnée nocturne. Il s'amusa de la voir se presser vers la maison comme une enfant s'attendant à être grondée. Puis il reconnut la silhouette carrée de l'employé qui suivait à bonne distance, les mains dans les poches. Lui, ne se hâtait point.

— Ça y est ! dit Théo, satisfait. Elle l'a son gigolpince. Depuis le temps qu'elle est excitée quand la

---

*Le garde-pêche (argotique).

marée monte, celle-là ! Si le mari les chope ensemble, leur compte est bon !

Théo scruta la nuit. Il commenta encore à voix basse :

— Surtout que le v'là le cornard qui remonte de l'embarcadère. Il a vu sa femme courir le long du bassin, c'est certain. Et le Boche qui suit à distance. Faudrait être bien naze pour ne rien piger ! Il vaut mieux que je quitte discrètement la scène. Ah, il est loin le temps des nuits calmes ! Les braves gens dormaient du sommeil du juste, ou à peu près ! Et moi, je faisais mon petit trafic !

Il ajusta le manche de la foëne sur son épaule et il se pressa vers le bassin abandonné où il avait l'habitude de laver ses bottes avant de prendre le chemin du retour.

*

*   *

Louis avait les mains rougies de sang comme s'il les avait trempées dans un seau d'abattoir. Manifestement, il n'était plus à un meurtre près. Sandra comprit très vite qu'elle avait rendez-vous avec son destin et elle se mit à crier comme un veau qui sent qu'il va mourir.

— Braille donc si tu veux, espèce de traînée, dit-il d'une voix pâteuse, je t'ai vue tout à l'heure. De la rivière, le panorama était saisissant. La femelle qui s'enfuit et le mâle repu qui suit tranquillement. Pour un peu, je l'aurais vu ramasser son outil et remonter sa braguette. J'espère que tu en as pris une bonne dose !

Elle tenta de se disculper.

— Qu'est-ce que tu vas chercher ! dit-elle timidement.

— Ne me raconte pas de salades, hein ! C'est trop tard maintenant. Je vais te faire ton affaire comme tu le mérites et, ensuite, il n'y a pas de raison, je m'occuperai de ton François. Je voyais bien depuis un moment qu'il te reluquait ce garcier-là. Forcément, madame se baladait sous son nez avec rien sur le cul ! Tu en pinces pour ses airs de sportif scandinave. Je vais le crever aussi. Comme bien d'autres ! Vingt et un mois d'Algérie, ça donne de la pratique. Le crime, tant qu'on n'a pas commencé, on ne sait pas ce que c'est. Puis, on en redemande, histoire d'avoir un peu plus d'expérience. C'est tout un art. Et j'aime le travail bien fait. Tu vas t'en apercevoir !

Sandra n'arrivait plus à crier. La détermination et la folie de son mari la submergeaient comme une vague de fond.

Elle commençait à accepter l'inéluctable. Elle ne pleurait plus. Une certaine torpeur l'envahissait progressivement comme si elle se préparait intérieurement à l'ultime voyage. Était-ce dans cet état second que les condamnés par Robespierre montaient vers la guillotine ?

Elle sentit les mains puissantes de son mari lui

prendre le cou comme dans un étau et serrer progressivement. Pendant un court instant, elle put encore respirer normalement puis elle hoqueta avant de hurler sa peur. Son dernier cri.

Ensuite, elle se rappela qu'elle avait enfilé son slip à l'envers. Avant de sombrer définitivement dans le néant, elle sentit qu'elle avait mouillé sa jolie culotte de soie.

*

En entendant crier Sandra une seconde fois, François hésita. Il s'était vaguement promis de ne pas réagir. Mais ce cri n'avait vraiment plus rien d'humain. Il était obligé de s'en mêler malgré le risque de prendre des coups. Il devait bien ça à sa jolie maîtresse d'un soir. Avant de disparaître.

Tandis qu'il s'approchait, le gémissement cessa.

*

Théo vit François déboucher du sentier et s'approcher de la maison d'un pas déterminé. Le braconnier avait entendu l'appel lui aussi. Pas du tout le cri que l'on pousse quand on reçoit une claque. Plutôt quelque chose d'ultime, une sorte d'adieu à la vie. Comme les autres mammifères.

Il avait compris ce qui était en train de se passer et, au lieu de disparaître dans le sous-bois protecteur et de se désintéresser de la vie des autres, il choisit de marcher vers la maison. À deux, ils auraient davantage de chance face à la colère du grand Louis. Ils pourraient tenter de sauver Sandra s'il en était encore temps.

*

François entra lentement dans la cuisine. L'armoire à glace se lavait soigneusement les mains en chantonnant. Il se retourna, sourire aux lèvres.

— Ah ! Te v'là, toi ! Justement, j'allais passer te voir dans un moment.

— J'ai entendu ta femme crier, expliqua l'amant d'une voix mal assurée où l'accent germanique reprenait naturellement le dessus. Je ne dormais pas.

Louis éructa :

— Bien sûr que tu ne dormais pas puisque, l'instant d'avant, t'étais avec !

François tenta de protester. L'autre ne lui en laissa pas le temps.

— Je vous ai vus ! gueula Louis, les yeux exorbités et les poings serrés.

— Où est Sandra ? demanda timidement François.

Il était subjugué par la puissance de son adversaire.

— Dans le salon, répondit le mari.

Il rota avant d'ajouter :

— Elle refroidit !

François prit l'information de plein fouet.

— Tu l'as tuée ? demanda-t-il sans grand espoir dans la voix.

L'assassin jubilait.

— Étranglée, c'est mieux ! dit-il en levant l'index. J'aime les plats cuits à l'étouffée.

Il écarquilla les yeux, hilare.

— Elle a eu un petit gargouillis presque discret, ajouta-t-il. C'est curieux, elle qui était plutôt du genre à faire des éclats. En même temps, elle s'est pissée dessus. J'ai rigolé, tu penses bien.

Il fit un pas en avant et, sur un ton faussement badin, il ajouta :

— Je me demande bien quel air tu vas me jouer toi avant de passer l'arme à gauche.

François aurait pu décamper sans demander son reste et sauver sa vie. Au lieu de cela, il recula mollement vers la fenêtre. Il ne ressentait même pas l'impérieuse nécessité de s'enfuir devant une mort annoncée. Il ne s'en rendait même pas compte.

— Viens dehors, dit Louis en ricanant, j'en ai assez de salir ma maison. Je suis veuf depuis peu. Je vais avoir le ménage à faire maintenant !

*

Posté à l'extérieur, comme un chasseur à l'affût, Théo imaginait toute la scène en suivant le dialogue presque mot à mot. Pour plus de sûreté, il réajusta la pièce métallique de la foëne sur le manche. C'était la seule arme qu'il avait à portée de main pour assurer sa défense mais il la savait redoutable. Tout se passa dans la pénombre du couloir. François, déjà ailleurs, ne se méfiait plus assez. Il vit trop tard le couteau que Louis lui plongea dans le ventre en tournant sur lui-même à la manière d'un derviche en représentation. Le tueur aimait la beauté du geste.

Alors qu'il le poussait dehors d'une forte bourrade, il entendit son meurtrier dire :

— Va saigner à la belle étoile, il fait doux ce soir !

François tomba à genoux sur le gravier humide de la cour. Le sang sourdait entre ses doigts comme d'une outre éclatée. Il en avait la nausée. C'était tiède et visqueux. Il avait une envie forcenée d'en interrompre le flot. Il n'y parvenait pas.

Il sentit que son meurtrier le poussait du pied. Il roula sur le côté et ferma doucement les yeux. Il se rendait bien compte qu'il n'y avait plus rien d'autre à faire. Il était las. Définitivement las.

— Je vais te chercher ta copine, annonça Louis, rigolard. Ensuite, je vous balancerai tous les deux à la marée. Les bigorneaux n'en seront que meilleurs à la prochaine saison.

Théo s'approcha du carré de lumière dessiné sur le gravier. Il constata que François, qu'il surnommait le Boche, ne bougeait pratiquement plus. Il était trop près maintenant pour faire demi-tour. L'autre risquait de l'entendre décamper et le poursuivre. Le braconnier n'aurait plus l'avantage de la surprise et Louis était une force de la nature. Combat inégal perdu d'avance.

Un peu par hasard, il était impliqué dans cette affaire. Il ne pouvait plus rester un simple témoin. Et il n'avait pas envie d'être une victime de plus.

Il assura sa foëne de ses deux mains bien serrées comme un hallebardier avant le déferlement des assaillants et il attendit tout près de l'entrée. L'adversaire était redoutable, capable de tuer sans sourciller et à moitié fou de surcroît.

Il ne savait pas comment il allait s'y prendre. Sauf agir le premier. Il savait juste que la partie serait rude s'il ne prenait pas tout de suite l'avantage. Le costaud ne lui ferait pas de cadeau. Avec trois cadavres au tapis, il n'avait que le choix de tuer encore.

Au salon, Louis ne parvenait pas à extraire le corps de Sandra recroquevillé derrière le canapé. Les membres de la poupée désarticulée s'ingéniaient à s'accrocher aux meubles comme pour le gêner. Une dernière fois.

Faute de mieux, il la tira par une jambe et la traîna ainsi. Au passage de la porte, le crâne de la morte heurta le chambranle en faisant le bruit d'une noix de coco que l'on frappe pour la briser. La tête s'anima de gauche à droite comme un punching-ball malmené. Dans le couloir, le déplacement fut plus aisé quand il eut saisi les deux jambes et il progressa en marche arrière jusqu'au seuil.

Il fut douloureusement surpris de sentir les douze dents de la foëne lui pénétrer le dos dans un bruit de succion. Les tiges de métal fouillèrent profondément son corps comme des scalpels tranchants et un flot de sang lui emplit la bouche comme une régurgitation incoercible.

Il laissa choir son macabre fardeau sur la première marche de l'entrée et, piqué comme un hanneton, il se redressa sans se retourner. II cria sa douleur quand Théo arracha l'instrument dans l'autre sens déchirant organes et chairs d'une manière irréversible. Le sang se mit à gicler comme à travers les trous d'une passoire. Louis tomba à la renverse, les yeux figés d'une stupeur indéfinissable. La mort avait fait son marché.

Théo regarda à peine sa victime qui paraissait plus énorme encore une fois allongée sur le gravier de plus en plus rouge de sang frais. Il estimait avoir fait ce qu'il avait à faire. Un peu par obligation. Il s'était trouvé là à un moment précis. Bon ou mauvais.

Il s'éloigna de l'entrée de la maison. Il nettoya son arme avec une poignée de vase. Puis il la rinça à l'eau du bassin. Il sépara la pièce de métal du manche. Il ficela le tout qu'il plaça en bandoulière puis il quitta la scène sans demander son reste. Arrivé au bout du petit quai, avant de bifurquer à gauche pour attaquer le raidillon, il n'eut pas un regard pour les trois corps qui, là-bas, dans le carré de lumière, ne bougeaient plus.

III

Le sac à dos était un peu lourd. Il avait aussi deux poissons plats dans son panier. Théo exultait comme à chaque fois. Un peu moins cette fois à cause des événements.

Il avait de plus en plus de mal à se faire une bonne marée. Les parcs étaient surveillés ou placés trop loin sur la vasière. Le poisson se raréfiait. Le braconnier mettait en cause les dragues à coquillages qui raclaient les fonds chaque hiver. Bonjour la gestion des ressources !

Les deux gros poissons inespérés, il se les ferait à la poêle, immergés dans un beurre crépitant avec une tombée d'oignons du coin. Les huîtres, il allait en garder une petite douzaine avant de vendre le reste à son client. Pas de facture, du black qui finissait par faire des petits sous sur une année. Certes, ce n'était pas le pactole mais ce trafic bien organisé lui permettait de vivoter comme il le souhaitait. Une sorte d'art de vivre hérité des aléas de la vie et de la cruauté du destin.

Ce qui lui faisait plaisir surtout c'était tromper la vigilance de tout le monde alors qu'on s'ingéniait à le pister pour le coincer la main dans le sac. Il jouait avec le feu comme pour se donner une réalité. De toute manière, il était mort au fond de lui-même. Après cette affaire bien plus grave cette fois, s'il devait être embastillé et condamné, il dirait toute son aversion pour la société. Sans se faire le moindre cadeau.

De la prison, il s'en moquait comme de l'an quarante. La justice des hommes ne lui faisait ni chaud ni froid. Il ne lui reconnaissait aucun droit, aucune légitimité. Il voulait être jugé ailleurs.

C'était à la jonction des rivières avec la mer qu'il exerçait sa frauduleuse activité. Tantôt sur la Penzé, tantôt sur la rivière de Morlaix. Il œuvrait une seule nuit par semaine, parfois deux si la première avait été un fiasco total. Et ce n'était jamais la même nuit de la semaine pour tromper l'ennemi. De même, pour l'aller comme pour le retour, il suivait les enseignements des rois mages et il ne revenait jamais par le même chemin.

Le jour, il allait à la pêche aux palourdes entre le continent et l'île Callot ou il ramassait des coquillages pour une excentrique qui en faisait des poupées. Il avait toujours une activité en projet. Souvent à la limite de la légalité.

Il devait redoubler de vigilance devant l'adversité. Il le savait bien, l'étau se resserrait petit à petit. Viendrait le jour où il se ferait prendre en beauté. Il imaginait alors la litanie des larcins qu'on lui attribuerait avec une facilité déconcertante. Il y aurait du braconnage, du vol dans les bateaux et dans les viviers. Et

Dieu sait quoi. Peut-être aussi des meurtres, cette fois. Au moins deux de trop. On ne prête qu'aux riches, c'est bien connu.

Il n'avait aucune envie de payer l'addition à la place de Louis Cascadec. Après tout, c'était lui la cause de cette catastrophe. S'il n'avait pas occis les deux amants, lui, Théo, n'aurait pas été contraint de s'en mêler. D'ailleurs, s'il les avait sus morts ou moribonds, il aurait probablement continué son chemin. Et oublié tout ça.

Maintenant, il lui fallait rejoindre ses pénates. De quelque côté qu'il se trouvât, la côte était rude et l'antique bicyclette Peugeot qui lui servait de moyen de transport lors de ses sorties nocturnes, était bien difficile à traîner. Discrétion oblige !

Cette fois, il remonta lentement par le chemin Saint-Guénolé, se faufila dans les ronds-points jusqu'à la rue Albert-Louppe en se faisant plaisir de louvoyer à la limite de la chute puis descendit en trombe vers la place de la Libération à la manière de monsieur Hulot*.

Une fois arrivé derrière l'église, il s'arrêta pour vérifier qu'il n'était pas suivi. Constatant que tout était calme en centre-ville, il fit le tour de l'édifice, roula au pas dans la rue du Pilote Trémintin et passa devant le restaurant "Aux Délices de la Mer" avant d'atteindre l'amorce de la rue du Kelenn.

---

* Personnage burlesque du film de Jacques Tati, sorti en 1953.

Son contact l'attendait dans l'abribus de l'arrêt de car signalé par une plaque marquée « *Église de Carantec* ». La marchandise changea de sac, l'argent de main. La transaction ne dura que deux minutes. S'exposer davantage aurait été de l'aveuglement dangereux pour la liberté de l'un et de l'autre.

Il revint vers l'église, jeta un œil au bar des Sports où il aimait boire un demi bien mousseux pour narguer ses détracteurs, tourna au coin puis descendit jusqu'à la rue de Pors-Pol. Ensuite, il emprunta la rue Surcouf avant de disparaître dans l'impasse Julien de la Gravière.

Il fourra sa bicyclette dans une cache qu'il avait aménagée dans la haie. Enfin, il se lança dans l'escalier abrupt plongeant vers la grève. Il pesta encore une fois contre ces trente-neuf marches qui cassaient les jambes en descente et cisaillaient le souffle en montée. Il contourna lentement la rotonde crénelée, ceinturée de pierres noires.

Après bien des efforts, il parvint enfin à sa tanière, une sorte de pavillon d'été oublié au bord de la mer avec vue imprenable sur l'île Callot. Une dame respectable, de noblesse très ancienne, avait eu pitié de lui un jour de tempête. Elle lui avait proposé ce gîte en lui disant d'en user à sa guise le temps nécessaire. Elle et son mari résidaient dans un somptueux manoir donnant sur la Penzé. Ils ne venaient que très rarement dans cet endroit à cause de la difficulté d'accès. Trois ans déjà qu'il en était ainsi occupant à titre gracieux.

Il s'assura qu'aucun visiteur ne l'attendait. Il en connaissait un bout sur les souricières et il n'avait pas l'intention de finir dans la nasse comme ses poissons favoris. Comme tout semblait normal, il rangea tranquillement ses outils et se changea.

Ensuite, il s'assit sur le canapé vert olive. Il resta un moment immobile et silencieux avant de se relever pour se servir une bière. Il étouffa quelques renvois en regardant la mer bouger dans l'ombre avant de se rasseoir.

La mort de Louis Cascadec ne le préoccupait pas vraiment. Il regrettait d'avoir été contraint de le tuer mais, en même temps, il avait le sentiment d'avoir fait œuvre de salut public. Après tout, la bête humaine avait tué deux personnes avant de rencontrer son bourreau.

Était-ce bien suffisant pour l'exonérer de sa responsabilité ? Il n'en avait cure. Il l'avait embroché. Il n'y avait pas à revenir là-dessus. L'autre ne lui aurait pas fait de cadeau. Alors…

Dans un deuxième temps, il vérifia que personne n'était venu chez lui en son absence. Il ne fermait jamais la porte à clé. Mais il plaçait à des endroits différents des éléments anodins qui lui servaient de preuves irréfutables de visites non autorisées. Il en avait un, de ces témoins discrets, à hauteur de ses yeux sur la petite étagère où il rangeait des boîtes renfermant ses plombs de pêche. L'été précédent, il avait trouvé un faux poisson servant de leurre à ceux qui n'avaient pas le courage d'appâter avec du vivant. Il l'avait posé sur l'étagère du dessus, à l'aplomb d'une boîte en fer aux armes d'une biscuiterie bretonne bien connue. Si bien que l'inconnu qui était passé par là avait repoussé le faux poisson sans s'en apercevoir en soulevant le couvercle.

La première preuve découverte, il en trouva plusieurs autres qui confortèrent ses soupçons. La certitude vint un peu plus tard quand il s'intéressa à ses couteaux. Il en manquait un.

Celui qui portait une petite croix rouge en haut du manche.

IV

La voiture de police avançait lentement dans le chemin caillouteux. Au gré des trous et des bosses de la route non goudronnée, elle barattait allègrement ses occupants.

Engoncé dans sa veste trois-quarts, le commissaire Landowski arborait résolument une mine un peu sombre. Il aimait bien se composer un personnage, jouer un rôle, histoire d'impressionner la galerie. Il avait le souci de séparer le commissaire de l'homme qu'il était. La vie n'était qu'un spectacle dont il n'aimait pas toutes les scènes.

— Tant pis pour mon dimanche ! dit-il en s'éclaircissant la voix. De bon matin, j'étais en route vers le Morbihan. J'avais une invitation pour aller taquiner le bar du côté de Port-Haliguen. Au lieu de ça, me voilà embarqué dans une affaire d'homicides ! Une fois de plus !

Il se tourna vers son chauffeur. Celui-ci avait des cheveux noirs ondulés, un teint très mat et un regard sombre qui le faisait ressembler à ces Argentins de la Belle Époque. Il s'était présenté au commissaire sous le nom de Mario Caral. Landowski ne le connaissait ni d'Eve ni d'Adam. Il était lieutenant de police depuis quelques années et il avait été momentanément affecté au commissariat de Morlaix.

— Tu connais la presqu'île de Quiberon, toi ? demanda très directement le commissaire.

Le beau ténébreux ne bougea pas d'un cil. Il pilotait à vue et son attention était retenue par la route qui ressemblait fort à ces chemins tortueux d'Irlande.

— La Bretagne ce n'est vraiment mon truc, répondit-il d'une voix grave, mais j'ai entendu parler de votre presqu'île comme tout le monde. J'ai lu dans les journaux que des stars y allaient se refaire une santé.

Il reprit sa respiration puis ajouta :

— Personnellement, je n'y suis jamais allé.

Landowski s'anima.

— Moi je te parle de l'envers du décor ! Pas des photos glacées des pages people ! Je te cause des autochtones, des nés natifs ! Il y a encore là-bas de ces fondus de mer qui te balancent à la Teignouse* pour caresser le bar dans le sens des écailles comme on ne sait plus faire ailleurs !

Il en faisait volontairement des tonnes. Probablement pour faire impression et poser définitivement son statut de superflic. Il avait tant usé de ce stratagème pour qu'on lui foute une paix royale qu'il ne s'en privait pas.

---

*Phare situé à la pointe du Conguel à Quiberon.

Il tenta de lever l'index droit comme pour ponctuer son discours. Le bras ne suivait pas. Il grimaça.

— Mais ce n'est que partie remise, dit-il avec une pointe de regret dans la voix. Quand j'en aurai fini ici, j'irai là-bas. Je n'ai pas l'habitude de ne pas honorer mes engagements. Ni de réfréner mes passions.

— La direction n'avait que vous sous la main pour cette affaire ? demanda le conducteur sans tourner la tête.

— Je ne crois pas, répondit Landowski dans un soupir. J'en connais des collègues qui s'ennuient à mourir le dimanche. Je les soupçonne d'espérer le coup de fil d'urgence pour faire monter leur taux d'adrénaline tout autant que la colère de leur femme !

Le lieutenant Caral fronça les sourcils. Noirs eux aussi.

— Je ne comprends pas…

— En fait, c'est entièrement de ma faute, avoua le divisionnaire. Hier, j'assistais à une cérémonie en l'honneur du patron de la direction interrégionale de police judiciaire de Rennes, le contrôleur général Claude Destampes.

— Lui, je sais qui c'est ! lança le dénommé Caral fièrement, comme un gamin qui détient la bonne réponse.

— Il y a eu des discours et des remerciements. Au cours de cette réunion très protocolaire et néanmoins sympathique, madame Martine Monteil, directeur central de la police judiciaire, a fait part des félicitations du DGPN* pour les bons résultats obtenus par la DIPJ** au cours des mois passés. On a savouré quelques petits fours et éclusé quelques verres.

— Avec modération, Commissaire ?

— Une courte séquence d'alcoolisme mondain seulement ! Se piquer le nez, c'est difficilement compatible avec les fonctions publiques, tu le sais bien. Avec les autres emplois aussi d'ailleurs !

Il renifla avant de continuer :

— Je vais te confier un truc. Je fais gaffe à tout ça. Je n'ai aucune envie de tomber sur une patrouille de la BAC*** un peu désœuvrée, postée à un carrefour et qui fait souffler dans le biniou pour tuer le temps ! Je sais très bien que l'ennui gagne parfois les équipes. J'ai aussi fait de la territoriale dans le temps. Et en plus, j'en connais qui seraient plutôt contents de me voir dans la mouise ! Après un parcours comme le mien, on n'a pas forcément que des amis. Il faut essayer de rester droit dans ses bottes. Autant que possible.

Il appuya sur les mots en regardant son nouvel adjoint. Mario Caral se sentit un peu mal à l'aise. Son encombrant passager n'avait rien d'un jeune promu de l'école de police. Question de charisme. Il s'en apercevait bien.

— Et ensuite ? demanda très vite le lieutenant.

---

*Direction Générale de la Police Nationale.
**Direction Interrégionale de la Police Judiciaire.
***Brigade Anti Criminalité.

— Ce matin, j'ai repris la route. Enfin pas moi. Le chauffeur qui me conduisait à la gare. On m'a interdit de prendre le volant pendant quelques jours.

Il tapota sa veste à hauteur de l'épaule droite.

— Tu sais que je souffre d'une tendinite récidivante. C'est la raison principale, enfin je crois, de ta présence à mes côtés.

— En effet, répondit très vite le chauffeur, on m'a donné ordre de me mettre à la disposition du célèbre commissaire divisionnaire Landowski, momentanément affecté par de violentes douleurs articulaires !

Le fonctionnaire de police s'enhardit.

— Pour tenir une arme au besoin, ce ne sera pas facile pour vous !

— Détrompe-toi ! Je tire à gauche, comme disait mon tailleur !

Mario sourit. Le commissaire continua :

— J'ai eu droit à une série de cachetons pour calmer la douleur. Pantoprazole pour préparer l'estomac à recevoir des coups de canif et Piroxicam comme anti-inflammatoire pour enrayer tout ça. Double dose même en phase d'attaque !

Le lieutenant lui jeta un bref regard.

— Vous êtes sacrément calé en médocs, dites donc !

— J'me soigne ! Parfois, je pousse un peu sur la consommation, je crois. Je suis comme ça.

— Vous avez peur ?

— De mourir ? Non.

La voiture fit une embardée et le pneu avant droit

mordit la berme. Un paquet d'herbe arrachée se floqua sur la haie comme une bouse fraîche.

— Oh là ! protesta Landowski. Ce n'est pas une raison pour m'expédier *ad patres* illico !

Puis, calmé, il continua :

— Pour tout dire, en espérant que tu ne le répéteras pas à la corporation toute entière, j'ai un peu la frousse de la maladie. Idem de la douleur, de la dépendance. Toute cette engeance qui fait d'un être humain normalement debout un allongé chronique sans espoir de se relever. Ces trucs-là, ça me fout le bourdon ! Tu ne peux pas imaginer. J'y pense aussi quand on course les malfrats. Une balle dans la colonne et tu finis en fauteuil chromé. Avec plus rien qui fonctionne en dessous de la ceinture. Devant. Derrière. Même si on t'octroie une infirmière un peu gironde, tu n'es plus en état de lui faire quoi que ce soit à la petite mignonne. De quoi regretter que la balle ne soit pas montée plus haut pour ne pas avoir ce type de déception. Rayé de la liste des vivants. Point final.

Il toussota pour compenser le poids des mots qu'il trouvait bien lourds malgré tout.

— Il faudra bien que la société se décide un jour de regarder ça en face, dit-il, sentencieux. Par simple respect de la dignité de ceux qui souffrent.

Un silence éloquent tenta de s'installer. Mario ne le laissa pas faire. Il revint sur le récit de son passager.

— Vous en étiez resté sur la route de la gare…

Landowski se redressa comme pour se dégager d'une gangue désagréable.

— On a chopé l'info sur la fréquence police, reprit-il. Le code annonçait trois homicides, H2F1. En plus, dans un coin que j'ai fréquenté, il n'y a pas si longtemps.

— Et alors ?

— On m'a appelé sur mon portable.

— Pour vous annoncer quoi ?

— Que j'étais disponible !

— Volontaire désigné ?

— Pas vraiment mais je ne pouvais pas faire la fine bouche. Je venais de quitter les grands pontes de la police. Enfin la veille. Me sachant dans le coin, ils n'auraient pas compris que je refuse d'y mettre mon grain de sel.

— Vous êtes en maladie !

— Même si je suis administrativement indisponible avec ma tendinite, je peux servir à quelque chose. De toute façon, en arrêt de travail, je ne risque pas d'avoir une CR* pour cette affaire. J'ai juste accepté de suivre le dossier, un peu comme ça, pour voir ce qui se passe. C'est ce qu'on attendait de moi.

Comme à son habitude, Landowski temporisa. Il fit traîner même un peu trop. À Quantico,** il avait appris

---

*Commission Rogatoire.

*Base militaire en Virginie qui abrite l'école de la police fédérale américaine.

à maîtriser la structuration d'un entretien et à faire des silences un investissement très productif.

— En échange de ma coopération, j'ai obtenu un transport rapide. Il aura suffi d'un coup d'hélico pour m'amener sur les lieux du crime.

Il tourna la tête vers son chauffeur et l'interrogea :

— Et toi, qui t'a branché sur ce coup ?

— La hiérarchie m'a donné ordre de venir vous attendre au terrain de foot et de me mettre à votre disposition.

— Pour un peu, on m'aurait largué en plein match, c'est ça ?

— J'ai vérifié avant, vous pensez !

— Et donc la corvée est tombée sur toi. Mauvaise pioche !

— Ce n'est pas très gênant. Je suis en surplus d'effectif au commissariat de Morlaix. Pour six mois.

Landowski fronça les sourcils.

— C'est rare ça dans la police, non ?

Le lieutenant expliqua :

— Il y a une enquête qualité diligentée dans les services territoriaux pour le compte de la division des études et de la prospective. On m'a donné le SRPJ de Rennes…

— À mettre en fiches ?

— Si vous voulez.

Landowski ouvrit ostensiblement de grands yeux. Il n'avait jamais trouvé de véritable utilité aux statistiques.

Il aimait dire que celui qui est touché à mort se fout bien de savoir qu'il ne fait partie que de la petite dizaine à qui cela arrive.

— Et ça va servir à quelque chose ce que tu fais ?

Ce n'était pas vraiment une question.

— J'ai déjà entendu ce genre de réflexion, vous savez. Mais j'espère bien que ce ne sera pas inutile. Et puis, c'est la mission qui m'a été confiée.

— Donc partir en opérations, ce n'est pas ton job…

— Par force puisque je dois rester le plus souvent au bureau.

— À tirer des plans sur la comète !

— Disons à réfléchir.

Landowski renâcla.

— Jusqu'à un certain stade seulement ! On peut craindre vos projets à la noix, Messieurs des bureaux. Faudrait pas pousser trop vite les hommes d'expérience dans les orties. Les criminels, il faut toujours aller concrètement les chercher où ils sont ! Le plus souvent, un flingue à la main. Sinon, c'est bénédiction et chrysanthèmes !

— N'ayez crainte, Commissaire ! Je suis d'accord aussi avec ça !

— Ah bon ! Tu m'as fait peur !

Landowski dodelina de la tête. Il n'était que moyennement rassuré mais il passa tout de même à autre chose.

— Carantec est bien une commune située en zone gendarmerie, non ? demanda-t-il.

Il le savait fort bien mais il avait envie de creuser un peu.

— Exact ! répondit le lieutenant sans quitter la route des yeux. Mais il fallait quelqu'un pour faire le lien ! Difficile de laisser un flic de votre pointure piétiner les plates-bandes de nos collègues de la Défense ! Surtout en *free lance* !

— C'est ce qu'on t'a servi comme explication ?

— Ben oui !

Landowski réfréna l'envie d'en savoir davantage. Pas question de se dévoiler devant ce policier inconnu. Il était apparemment sympathique mais ce qui lui paraissait curieux de prime abord c'était qu'on ne lui avait pas adjoint un flic standard. Il se mit à réfléchir. Il avait envie de se payer une tranche de parano.

S'il y avait anguille sous roche, il s'en apercevrait bien vite. Après tout, peut-être que le fait de le faire accompagner relevait d'un vrai bon sentiment. Mais peut-être aussi que ce n'était qu'un moyen de surveiller ses faits et gestes. Le tout était de savoir si le but était de l'empêcher de faire des bêtises ou de trouver matière à le descendre en flammes. Il avait le temps de creuser tout ça.

Il pensait avoir remis les pendules à l'heure à la suite de l'affaire du Ganador*. Il jugea qu'il avait peut-être eu le tort de le croire. Il verrait bien si une cabale contre lui se fomentait au sein même de la Grande

*Lire *Corps-mort à l'Île-de-Batz*, même auteur, même collection.

Maison.* Des larves pouvaient jouer aux barbouzes pour le déboulonner. Jalousie, politique ? Il ne savait pas trop. Mais il était certain d'une chose. Arriverait le jour où il faudrait séparer le bon grain de l'ivraie. Et cette éventualité le ravissait. Il était de ces hommes qui prospèrent dans l'adversité, exultent dans l'affrontement et jouissent du combat. Et si un tour de cochon était au programme des réjouissances, il verrait bien comment se tirer de ce guêpier. S'il avait des détracteurs, il pouvait compter sur des amis fidèles formés en garde rapprochée et décidés eux aussi à en découdre s'il en était besoin. De toute façon, il n'en ferait qu'à sa tête. Comme d'hab' !

— Vous connaissez des fonctionnaires de police dans le secteur ? demanda le lieutenant pour briser le silence.

La réponse fusa :

— Je ne fréquente pas les flics. Seulement des amis. Et tant pis s'ils sont flics. Ce n'est pas la même chose. Pas du tout.

Le ton un peu péremptoire surprit le chauffeur.

— Vous n'êtes pas très content, on dirait…

— C'est ça, je ne le suis pas ! Qu'est-ce que j'ai à faire de trois viandes froides un dimanche ! pesta-t-il, faussement irrité. Explique-moi ce que nous faisons ici, toi et moi, sur cette route défoncée, dans une vieille guimbarde dans le même état !

---

*Surnom donné à la police nationale par ses membres.

Mario garda son sérieux. Tout en continuant à fixer la route droit devant, il répondit :

— Sauf votre respect, Commissaire. C'est vous qui avez accepté de venir ! Autre précision : si j'ai choisi le véhicule le plus ancien, c'est pour laisser les autres aux collègues. Pour ce que nous avons à faire…

— Tu as raison, admit Landowski, il n'y a pas d'urgence absolue pour nous.

— Vous allez avoir le plaisir d'admirer le paysage !

— Je l'ai déjà vu, figure-toi ! Rien à voir avec la baie d'Along !

— Je connais l'endroit que vous citez ! C'est plein d'îles et d'îlots, comme par ici. Le golfe du Tonkin, c'est le repaire du dragon qui somnole. Attention à celui qui le réveillera, dit la légende !

— Tu ne peux pas si bien dire, répondit Landowski, à voix si basse que le lieutenant n'entendit pas.

— Ici c'est plus calme, continua Mario. Et tout aussi beau !

Landowski haussa ostensiblement les épaules.

— C'est surtout moins loin !

Avec une certaine emphase, il continua :

— Tiens, tu me rappelles les curés de patronage ! Tout le monde il est beau, tout le monde il est gentil.

— Et ce n'est malheureusement pas toujours vrai ! précisa Caral. La preuve ici. Cette nouvelle affaire, c'est votre job, non ?

— Sauf que je suis en arrêt maladie ! Je suis là en observateur, ne l'oublie pas !

— Le crime est votre gagne-pain, quoi qu'on en dise.

Landowski soupira.

— Mais je dois te dire que j'ai souvent envie d'autre chose. J'en ai un peu marre de cette vie de flic pur et dur. Et, tu le sais peut-être, toi, je crois bien qu'il y a des gaziers, en interne comme en externe, qui seraient contents de me voir raccrocher les crampons !

Le lieutenant Caral ne fit aucun commentaire à ce sujet.

L'amorce tombait à plat. Son passager en fut pour ses frais.

— Il y a une brochette de superflics qui ont rendu leur carte avant terme ! Vous pouvez faire partie du club !

— Pour me faire tartir dans un hameau désert en Ardèche avec des biquettes pour voisines ? Pour m'encroûter dans un gîte tout sombre à Trémaouézec avec des génisses qui me reluquent comme une locomotive ? Tu rigoles !

— Mais pas du tout ! Pour écrire du bon polar réaliste ou pour faire de la télé. Même du cinéma !

— J'ai horreur des flingues en plastique. Tu me vois en conseiller technique, poches sous les yeux, cheveux saupoudrés sel, barbe rase et sapé Armani ?

— Avec les aventures que vous avez eues, pourquoi pas !

Landowski bomba le torse.

— Parlons-en de mes frasques policières. Je n'en manque pas ! D'ailleurs, je vais te raconter un superbe carton.

Le lieutenant Caral craignait le pire.

— Excusez-moi, Commissaire, dit-il, mais j'ai déjà entendu l'histoire de la petite vieille ! Elle fait encore le tour des commissariats !

— La penn sardin de Douarnenez ?*

— Non ! Celle qu'un fou furieux voulait étrangler !

— Attends un peu que je te donne la version officielle !

Mario Caral céda.

— Allez-y puisque vous en mourrez d'envie !

— Écoute bien ! Ce fêlé, c'était un Libano Turc né en France. Je ne précise pas ça pour dire que ses origines…

— Surtout que moi, je fais plutôt dans le bronzé de naissance avec mes origines portugaises ! Je pourrais le prendre mal…

— Rien de raciste là-dedans ! C'était juste pour situer le personnage. J'aurais pu dire un Breton ou un Corse.

— Ou un Polonais !

Landowski grimaça. On touchait cette fois à ses origines.

— Le Polonais est parfois chapardeur, souvent charmeur, toujours travailleur, expliqua-t-il. Mais il ne s'en

---

*Lire *La Douarneniste et le Commissaire*, même auteur, même collection.

prend pas aux vieilles dames. La famille, Mario, la famille c'est sacré !

— Et alors ce fêlé ? On va arriver bientôt sur zone, vous n'aurez pas le temps.

Landowski se carra dans le siège pour raconter son histoire. Il avait le regard ailleurs.

— Le fondu, il éliminait trop de gens et toujours dans mon quartier. C'était vexant, à la fin ! Je l'ai débusqué un lundi. C'était mon jour de repos. Je m'en souviens très bien. Il faisait chaud. Je faisais ma petite lessive en sirotant une bière. Une bonne, hein, pas de cette lavasse insipide qu'on te sert à la tireuse estivale en comptant sur la soif pour t'endormir le palais. Non, une tartine de houblon très classe. Bref ! L'autre venait d'agresser une voisine. Je le voyais dans l'immeuble d'en face. La résidence formait un rectangle.

Le commissaire traça un dessin dans l'espace.

— Il me regardait avec ses yeux de fou pendant qu'il était en train de lui serrer le kiki à la mémé. Ce n'était pas une copine à moi vu que je l'avais déjà sermonnée rapport à la pisse de ses chats qui faisait crever mes géraniums.

Le lieutenant osa un rire.

— Je vous vois bien en jardinier de balcon !

— Tu peux rigoler si tu veux, mais je me souviens de ma mère et de ses jardinières fleuries. Elle n'avait pas autre chose pour se changer les idées. Elle passait des heures à bichonner ses plantes comme si elle les préparait à un concours de beauté. Quand la floraison s'annonçait, on y avait droit à chaque repas. Il y avait du rose pour l'ingénue fébrile, du rouge pour la passion ardente et du pourpre pour la traîtrise. Et la rose noire pour le souvenir. Jamais de blanc. Comme si la notion même de pureté avait disparu de sa mémoire depuis la guerre.

Landowski eut ce regard si particulier qu'on lui connaissait parfois. Les yeux mouillés à l'intérieur.

— Je me suis déguisé en commissaire. En pensée seulement, vu que je suis sorti en slip kangourou et en maillot de corps. Pas très réglementaire, mais enfin… L'autre, il a tout de suite voulu m'allumer du bout du couloir. Il ne savait même pas qu'il était en train de me donner de bonnes raisons de me trouver en légitime défense.

— Il avait quoi comme flingue ?

— Un qui ne faisait pas le poids. J'ai utilisé un 357 Magnum, une arme non réglementaire à l'époque, pour me payer un carton de fête foraine. Ce n'était pas le premier. Boulot propre et définitif. Boum ! Entre les deux yeux. Il a décollé pour son dernier vol !

— C'était faire justice vous-même, non ?

Landowski leva la main droite comme pour prêter serment.

— Tu penses ce que tu veux, Mario. Je vais t'avouer que je n'avais pas très envie de le voir aller devant un tribunal. Un psychiatre barbu et zozotant lui aurait trouvé des circonstances atténuantes ou je ne sais quelle aberration mentale le mettant définitivement à l'abri. Non accessible à une sanction pénale ! Il faut savoir quand même qu'il avait un palmarès impressionnant de mamies trucidées. Chacune de ces dames aurait pu être ma mère, tu comprends. J'ai peut-être eu tort de mettre un terme à son parcours criminel, mais je ne voulais pas qu'il puisse recommencer. Jamais.

Le commissaire sembla remonter dans ses souvenirs. Il regardait fixement devant lui.

— Puis les honneurs sont arrivés avec leur cohorte de remerciements officiels et néanmoins chaleureux. Mon patron bombait le torse comme un général russe dont la poitrine attend fièrement qu'on y accroche une livre de médailles. Ensuite, est venu le temps des affaires tordues qui ont fait de moi un flic de premier ordre. Enfin, c'est ce qu'on dit. Une réelle liberté de manœuvre à la clé. Un bien précieux dans la police, crois-moi.

— Et vous avez tiré encore après…

— Pour sauver des futures victimes, des collègues ou moi-même. Uniquement pour ça.

Landowski soupira ostensiblement.

— Et ce matin, la mouche dans le lait !

— Lino Ventura !

— Bonne réponse !

— Mais si vous trouvez l'explication de cette hécatombe, vous aurez droit aux honneurs. Une autre promotion peut-être. Une mutation au soleil !

Landowski sembla gagné par la lassitude. Il insista :

— Tu ne piges vraiment rien, Mario. Je ne veux pas mourir en superflic. Je veux être enfin peinard, *comprende* ? J'en ai ma claque de ces matins un peu froids où le lit l'est plus encore. Quand tu vois les fringues entassées sur la chaise, les chaussettes et le slip qui traînent par terre, y a de quoi laisser tout ça en plan et partir vendre du nougat à Zanzibar !

— Faillite garantie, Commissaire !

— Tu remarqueras que je n'ai pas dit faire fortune dans la guimauve ! J'ai rencontré un gars qui voulait y aller avec son fils.

— Où ça ?

— À Zanzibar !*

Le lieutenant regarda Landowski en coin.

— En fait, vous parlez de partir, tout simplement…

— Oui, comme les vedettes après un concert. Saluer le public et filer à l'anglaise !

— En solo ou avec une femme ?

— Ah oui, avec une femme ! répondit fermement Landowski.

Puis il parut tout à coup absent.

Il continua avec un phrasé plus souple, plus incantatoire :

— Changer des aventures sans lendemain avec des maîtresses trop compréhensives. Se fixer un peu et goûter des plaisirs simples et naturels. Avoir envie et non besoin. Se laisser gagner par la gourmandise. La vraie,

*Lire *La Secte de l'Aven*, même auteur, même collection.

celle des sensations et des sens. Et se battre aussi pour garder l'autre auprès de soi. Comme un trésor.

Il sembla revenir vers la réalité.

— Des trucs de couple, quoi ! avoua-t-il avec simplicité. Ce n'est pas la même chose quand la main que tu tends le matin rencontre un sein ou une cuisse au lieu d'un morceau de drap froissé.

Mario se tourna vers son supérieur, un peu surpris par tant de confidences.

Landowski ajouta :

— Je te dirais même que je m'appliquerai à lui faire des crêpes de froment à la confiture de myrtilles !*

Un sourire amusé courut sur ses lèvres.

— Le grand commissaire Landowski verserait-il dans le sentiment… demanda le lieutenant d'une voix flûtée.

Landowski fit mine de prendre une femme dans ses bras et hocha la tête.

— Il aura suffi d'un séjour à Rome…**

---

*Lire *La Secte de l'Aven*, même auteur, même collection.

**Lire *Fugue mortelle en RÉ*, même auteur, même collection.

V

La scène du crime était délimitée par un ruban jaune soutenu par quatre piquets métalliques. La mention « *Gendarmerie nationale - Zone interdite* », se répétait comme un mouvement perpétuel dans la brise du matin.

Quelqu'un avait recouvert les visages des cadavres d'une feuille du journal local soigneusement dépliée. Le papier commençait à se gorger d'eau. Il faisait encore un peu frais et un crachin désagréable comme un jour sans pain s'était mis à tomber silencieusement. Quelques badauds conversaient à voix basse.

Devant les deux inconnus qui approchaient, les curieux s'écartèrent. Ils avaient vu la voiture de police. Le gendarme auxiliaire rectifia immédiatement la position. Son collègue titulaire, plus madré, prit son temps pour saluer. Pour marquer probablement une petite différence entre deux corps adversaires.

Police et gendarmerie défendent leur spécificité. Devoir de mémoire et respect de l'histoire. On ne peut pas leur en vouloir, même si, par souci d'efficacité, le rapprochement est bien souvent nécessaire. Landowski avait bien connu ces rivalités quand il appartenait à la BRI.* La Grande Maison avait été contrainte, elle aussi, de balayer devant sa porte à la période de la guerre des polices.

— Commissaire Landowski.

Il fit un geste de côté pour présenter son collègue.

— Lieutenant Caral.

Il hésita puis ajouta comme à regret :

— Mon adjoint.

Il releva le menton en direction des cadavres.

— On n'a touché à rien ?

— Je connais la consigne. Toutes les précautions ont été prises pour garder la scène du crime en l'état.

— Qui vous a prévenus ?

— Le chef de la police municipale dès qu'il en a été lui-même informé. En cette période, leurs effectifs sont très sollicités. Les nôtres aussi, il faut bien le dire. On m'a dit que vous alliez venir. J'ai reçu l'ordre de sécuriser le périmètre et d'attendre les autorités. L'adjudant est sur la route. Le procureur également.

Le gendarme se retourna vers les formes allongées.

— Un tel carnage dans le canton, on n'a jamais vu ça, dit-il.

— Qui a découvert les corps ?

— Un employé de Louis Cascadec. En venant travailler.

— Un dimanche ?

---

*Brigade de Recherches et d'Intervention (Antigang) basée au 36 Quai des Orfèvres.

— Il y a des pompes qui tournent, vous savez. Des frigos. L'oxygénation des bassins. Il y a aussi des touristes qui viennent jusqu'aux parcs. Un tour de permanence est organisé pour les accueillir.

— Et qui s'y est collé ce matin ?

Le gendarme se retourna vers le groupe de badauds et fit un signe en direction d'un costaud hirsute qui oscillait sur ses jambes comme un culbuto de gamin.

— C'est cet homme-là, Commissaire !

Landowski s'adressa à la montagne de viande.

— Alors c'est vous qui êtes arrivé le premier sur les lieux ?

— Ouais, et alors ? répondit-il d'une voix éraillée.

Landowski n'affectionnait guère ce genre de brute épaisse à la cervelle de pois chiche. On n'en tire jamais grand-chose surtout quand il y a des spectateurs. Mais c'est toujours un autre tempo quand on les enferme un moment dans une pièce sans fenêtre. L'appel des grands espaces de liberté leur redonne une bonne dose d'humilité. Le plus bourru redevient alors un perdreau de l'année aussi docile que respectueux.

Mais le commissaire n'avait pas le temps de se la jouer en douceur. Il s'adressa sèchement à l'employé :

— Racontez ce que vous savez ! À moins que vous préfériez qu'on vous embarque à la brigade pour vous rendre plus bavard ?

L'autre abaissa les épaules et regarda l'assistance comme s'il cherchait du secours… La remarque du commissaire avait fait mouche.

— Mais, c'est que j'sais pas quoi dire ! dit-il, laconique.

— C'est bien vous qui les avez découverts dans cet état ? insista Landowski.

— Je les ai trouvés tous les trois, le patron, et François, baignant dans une mare de sang. La femme plus loin. C'est vrai.

— Vous vous souvenez de l'heure exacte ?

— Il devait être sept heures et demie, vu que je pars à sept heures de chez moi quand je bosse le dimanche matin et qu'il me faut une demi-heure à pied par le petit chemin pour arriver ici.

— Vous avez remarqué quelque chose de particulier en arrivant sur place ?

— Il y avait de la lumière dans l'entrée de la maison.

— Rien d'autre ?

— Non, rien. À part eux.

Il désigna les corps.

— Quel est le plus proche voisin, demanda Landowski au gendarme.

— Tout près, il n'y a personne. Plus loin là-bas, vous voyez, il y a le manoir mais c'est à un kilomètre au moins. Ils n'ont rien pu voir ni entendre.

— Qu'est-ce qui vous permet d'être si catégorique ?

— Parce qu'ils sont bien trop occupés en ce moment !

— Il se passe quelque chose de spécial dans cette bâtisse ?

— Spécial est bien le mot exact !

— Parce que ? demanda Landowski.

— Une équipe de cinéma y tourne un film. Plutôt cochon à ce qu'il paraît.

— On ira voir ça ! Faites plutôt reculer les badauds, je voudrais être tranquille pour examiner les corps.

Il fit un geste en direction des cadavres.

— Vous allez retirer ces immondes feuilles de journal. Je veux voir leurs visages.

— Mais, protesta le gendarme respectueux de la procédure, vous n'attendez pas le procureur ?

— Pas de panique ! Je ne ferai qu'examiner les corps sans modifier en rien la scène du crime. Je n'ai pas de commission rogatoire pour cette affaire et je suppose que c'est votre brigade qui va en être chargée. Répartition géographique oblige !

Il s'approcha lentement, les mains enfoncées dans ses poches comme s'il voulait prouver sa bonne foi.

— Ils ont beaucoup saigné, constata-t-il. Et de vilaines plaies avec ça. Sauf la femme.

Cascadec avait abandonné sa femme sur le seuil de la maison. Elle gisait dans une curieuse position. On aurait dit un pantin jeté à terre.

Le commissaire plissa les yeux.

— Curieux, ajouta-t-il.

Il se pencha et inspira fortement. À l'indienne. Puis il s'éclaircit la gorge.

— J'opterais bien pour une histoire de fesses... annonça-t-il tout de go.

Les gendarmes se regardèrent, incrédules.

— Je vais jeter un œil dans la maison en attendant les autorités, continua-t-il. Le légiste va nous maudire. Il va avoir de quoi occuper son dimanche.

Puis, s'adressant plus directement au gendarme qui faisait la grimace, il se renseigna :

— La femme, vous la connaissez ?

— C'est Sandra, l'épouse du plus grand des deux hommes décédés, Louis Cascadec. L'autre c'est, plutôt c'était, un de leurs employés. Il logeait dans une mansarde au-dessus du magasin.

Il fit un geste en direction d'une construction basse bordant les bassins.

— On l'appelait François, ajouta-t-il.

— François comment ?

— Il n'était pas d'ici. Je ne connais pas son nom de famille.

— Faudrait ! balança Landowski. Ce François, c'était l'amant de la femme ?

Le gendarme hésita. Il pensait à l'enquête officielle et aux questions que son adjudant n'allait pas manquer de poser. Avec des remontrances à la clé.

Le commissaire l'entraînait plus loin que les faits eux-mêmes.

— Possible, répondit-il après un temps d'arrêt. Elle était aguicheuse, la blonde. Il paraît qu'il suffisait de demander…

— Et pour ces trous dans le dos du mari, vous avez une explication ? demanda Landowski.

— Aucune. Pour l'instant. Je ne vois pas bien avec quoi on a pu faire ça.

— Avez-vous retrouvé un instrument particulier à proximité des corps ou dans la maison ?

— Non rien, Commissaire. Justement.

— Cela veut donc dire qu'il y avait un quatrième larron sur les lieux, cette nuit !

Le gendarme s'enhardit.

— Je crois que vous vous faites des idées, Commissaire…

Landowski accusa le coup.

— Ah bon ? Et qu'est-ce qui vous fait dire ça ? Je serais curieux d'entendre votre version des faits…

Son interlocuteur en uniforme se trouva vite en confiance.

Il se lança :

— Le mari a pu surprendre les amants qui venaient de terminer, heu, leur petite affaire, dit-il. Il y a eu affrontement. Il a zigouillé sa femme en premier mais, avec son employé, il a peut-être eu du fil à retordre et l'un, blessé à mort, aura eu assez de force pour finir l'autre. Une sorte de combat qui cesse faute de combattants. Vous voyez ce que je veux dire ?

— Mais l'arme inconnue ?

— Le couteau qui a tué le prénommé François, je l'ai retrouvé dans l'entrée. Un de ces oiseaux de nuit qui rôdent par là aura ramassé l'autre instrument qui traînait. Les bons outils, c'est très important par ici.

— Il y encore des braconniers par ici ?

— D'un autre type peut-être mais la lignée ne s'est pas éteinte complètement.

— Vous voulez dire quoi ?

— Je veux dire que tout le monde ne dort pas la nuit. Il y a du vol, notamment les bandes organisées qui pillent les bateaux. Je n'étais pas encore en poste en Bretagne, mais il y a eu des affaires comme ça…

— Je sais.

— Et puis les huîtres, c'est facile à chaparder sur les parcs ! Il n'y a qu'à se baisser pour les ramasser. Un couteau pour éventrer les poches et un sac pour le transport. Avant Noël, c'est plus lucratif mais ça marche toute l'année vu qu'il n'y a jamais beaucoup de promotion sur les huîtres. Le tout, c'est de ne pas se faire prendre.

— Vous avez l'air de bien vous y connaître. Vous pensez à quelqu'un en particulier ?

— Il y a toujours des noms qui circulent.

— Même maculé du sang d'un mort, votre oiseau de nuit comme vous dites aurait pris l'outil à côté des cadavres ?

Le gendarme parut s'amuser.

— Les bracos, Commissaire, expliqua-t-il, c'est une race à part. J'en ai rencontré ailleurs qu'ici. Je parle des artisans, pas des pirates qu'on rencontre aujourd'hui ! Ils n'ont pas pour habitude de s'occuper des affaires des autres et ils n'aiment pas non plus qu'on s'occupe des leurs. Ils profitent de tout et tout leur profite ! Ainsi va leur vie !

Landowski entendit Mario lui dire à voix basse :

— Tiens donc ! Un philosophe dans la gendarmerie !

Les deux policiers firent le tour de la maison en prenant leur temps avant d'entrer. Une fois à l'intérieur, ils remarquèrent des gouttes de sang sur le carrelage de la cuisine et sur l'évier puis les traces de lutte dans le salon. Les meubles avaient été bousculés. Une lampe s'était brisée en tombant à terre. Il y avait beaucoup de sang dans le couloir. Cela semblait indiquer qu'il y avait eu une exécution au rez-de-chaussée. Cependant, les trois cadavres étaient à l'extérieur.

— À ton avis ? demanda le commissaire à son nouvel adjoint.

— Moi, je n'ai pas beaucoup d'expérience des enquêtes criminelles !

— Mais encore ?

— Pas net le *modus operandi !* Il semblerait que la femme ait été agressée dans le salon. Peut-être même tuée à cet endroit et traînée au dehors.

— Mais elle n'a pas saigné, elle a été étranglée. À l'évidence.

— Le sang du couloir peut aussi bien être celui de l'employé que du patron. Le rapport le dira. Le sang dans la cuisine indique surtout que quelqu'un y est venu se laver les mains. Quand on savonne, on en met partout. Était-ce avant la mise à mort des deux hommes ou après ? Mystère !

Landowski secoua la tête.

— Il y avait certainement un quatrième larron sur les lieux, dit-il avec obstination. Témoin ou acteur.

— Pour l'instant, il n'existe que dans votre imagination ce personnage supplémentaire ! indiqua Caral.

— Je suis certain qu'il est bien réel. Déroule un peu l'écheveau de la détresse humaine et tu vas comprendre. L'employé, le ventre ouvert, saisit le truc qu'on n'a pas retrouvé d'ailleurs, fait son affaire à son patron, se débarrasse de l'arme du crime Dieu sait où et revient sagement finir de crever sur le gravier devant la maison. Ce serait du roman noir bien mal ficelé ! Un chapelet d'invraisemblances ! Et qui donc se serait rincé les mains tachées de sang dans la cuisine ?

Le lieutenant Caral ne voulut pas s'en laisser conter.

— Vous en connaissez, vous, des affaires simples ? Il y a toujours quelque chose d'inexplicable que les auteurs eux-mêmes n'ont pas compris. Alors nous, vous pensez…

— Notre inconnu, il est peut-être dehors parmi les curieux. Va savoir !

— Embarquez donc tout le monde, Commissaire ! Comme ça, vous ferez le tri à la brigade.

— Tu n'es pas un peu fêlé, dis ? Je n'ai aucune commission rogatoire en main et je ne vais pas squatter les locaux des gendarmes de Taulé sans y avoir été invité.

— Qu'est-ce qu'on fait alors ?

— On attend le proc, le ban et l'arrière-ban.

Ils n'eurent pas longtemps à patienter. Des bruits de

moteurs annoncèrent les visiteurs de marque. Le substitut du procureur et les spécialistes de la brigade de recherches de Brest arrivèrent sur les lieux. L'inscription « *Identité Criminelle* » peinte sur le véhicule bleu flambant neuf imposait le respect.

Landowski tourna les talons et s'éloigna. Après une seconde d'hésitation, le lieutenant Caral le rattrapa.

— Mais vous partez ? demanda-t-il, abasourdi.

— J'ai vu ce que je voulais voir. Je n'ai plus rien à faire ici.

— Vous êtes surprenant à la fin ! Si je m'attendais…

— Ma personnalité est marquée de zones d'ombre !

Landowski s'arrêta et toisa son adjoint en ajoutant :

— On ne te l'a pas dit ?

VI

Landowski s'approcha de la maison où avait résidé le dénommé François. Il avait bien envie de visiter l'appartement en toute tranquillité. Avant tout le monde. Il savait bien qu'il n'en aurait plus la possibilité dès lors que la brigade scientifique aurait investi les lieux.

Certes, ils en avaient pour un moment à examiner la maison de Louis et ses abords ainsi que les cadavres eux-mêmes, capables de dire des choses essentielles pour expliquer leur fin tragique.

À Rosny-sous-Bois, au sein de l'IRCG*, deux cent vingt-cinq militaires et scientifiques répartis en douze départements spécialisés disséquaient, scannaient, radiographiaient scènes des crimes et éléments recueillis sur place afin de les faire parler. Ici à Carantec, l'équipe de Brest allait tout répertorier et ensacher sous plis scellés tous les éventuels indices retrouvés sur le lieu des faits.

Ensuite, ils s'intéresseraient fatalement au logement

---

*Institut de Recherche Criminelle de la Gendarmerie.

occupé par l'employé de Cascadec. D'où l'empressement du commissaire de pratiquer ses propres investigations avant eux.

La porte n'était pas fermée à clef. Le pêne n'était même pas enclenché dans sa gâche comme si l'occupant avait juste tiré la porte derrière lui en partant précipitamment. Il ne trouva pas non plus de clé engagée dans la serrure. Il y avait tout lieu de croire que François avait quitté son appartement seul et de son plein gré. Mais avec un certain empressement.

Il poussa le panneau de bois plein d'un coup sec pour le faire claquer contre le mur. Geste hérité de son passage à la BRI : toujours mettre en difficulté un éventuel individu caché derrière la porte. L'ouvrir lentement, à moins de chercher la surprise dans le silence, c'était donner le temps à l'autre de se déplacer bien dans l'axe pour allumer la première tête à se présenter.

Il n'y avait personne dans le pigeonnier. C'était une grande pièce mansardée avec deux larges fenêtres manifestement rajoutées dans un toit qui ne comportait que des petites ouvertures à l'origine. D'un grenier inutilisé, on avait dû vouloir faire un petit logement pour le personnel. Dans le fond, il y avait une porte ouverte qui donnait sur une cuisine exiguë où tenaient une petite table et deux chaises coincées entre un bloc cuisine comme on en rencontre dans les studios des locations de vacances.

Derrière un rideau à lames rigides de couleur beige

se cachaient un WC et une douche. Il n'y avait pas d'odeur particulière à flotter dans l'air. Landowski cherchait d'éventuelles preuves de consommation excessive d'alcool et ou de drogue. Les objets et les meubles retiennent naturellement le souvenir des choses dont ils ont été les témoins passifs.

Landowski revint vers la grande pièce et entreprit ses recherches. Il n'avait aucun but précis. Selon les enseignements reçus du *profiler* de Quantico, il devait se placer en situation en ayant la plus grande humilité pour être totalement disponible à toute information.

La pièce était bien exposée et la lumière du jour s'y diffusait sans obstacles. Le lit était resté ouvert comme pour accueillir l'occupant qui n'était pas rentré de sa visite nocturne. Il y avait un drap de dessous un peu douteux témoignant de la grande solitude de l'homme qui y couchait chaque soir. Des vêtements divers étaient stockés dans un coin. Avant d'être portés au pressing, supposa-t-il. Le petit bureau était encombré de papiers. Les feuilles de paie voisinaient avec des quittances d'électricité, des publicités de supermarchés et une boîte de gâteaux éventrée mais vide. Le carton était déformé par le poids d'un livre posé négligemment dessus.

Dans le tiroir, Landowski trouva quelques revues pornographiques qu'il feuilleta d'un regard professionnel sans pour autant se voiler la face devant le spectacle ainsi offert. Même s'il ne rejetait pas complètement ce genre de publications, il leur préférait toujours des reportages suggestifs sur de jolies femmes habillées de lingerie fine. Il trouvait plus de sensualité dans la suggestion que dans l'étalage cru des actes sexuels. Chacun ses fantasmes.

Manifestement, ce n'était pas le goût de François que de faire dans le soft. Au vu des turpitudes acrobatiques présentées sur le papier glacé, il s'attachait davantage à des pratiques musclées, violentes, voire sado-maso.

Le commissaire insista, non pas par pulsion libidineuse mais parce que quelque chose émergeait dans son esprit. En effet, il remarquait au fil des pages que les femmes présentées dans ces revues étaient toutes plus ou moins des sosies de Marilyn Monroe. Pâles copies tout de même mais affichant les composantes habituelle de l'archétype : blondeur platine, moue suggestive, blancheur de peau et rondeur des hanches proportionnée. Même le petit grain de beauté à gauche des lèvres ne manquait pas. Faux ou véritable, Sandra en avait un placé à l'identique. Il se dit que Norma Jean Mortenson, morte en 1962, incarnerait éternellement le mythe de la star.

Sandra Cascadec savait probablement que l'employé de son mari avait un faible pour les blondes oxygénées. Peut-être avait-elle fait une incursion discrète dans le logement par curiosité, attirée par cet employé énigmatique. Si tel avait été le cas, elle était repartie sans avoir le moindre doute sur les goûts de l'occupant du logement. Et sur ce qui l'attendait si elle se donnait à lui.

Elle-même pouvait en avoir assez d'en avoir chaque soir le souffle coupé sous la masse imposante et suante de son époux. Celui-ci ne représentait pour elle qu'une sorte de sécurité. Pour le reste, elle pouvait en avoir fait son deuil depuis longtemps. Probablement rien de ressemblant avec une véritable histoire d'amour, celle de la passion qui bouscule et submerge au point de conduire à toutes sortes d'extrémités. Sinon, en souvenir.

François était un bel homme blond aux allures franchement nordiques, à la plastique engageante sans bourrelets disgracieux. Du genre à figurer nu dans un calendrier aux ambitions caritatives. Il n'était pas probablement pas riche à millions mais, avec sa vigueur naturelle aiguillonnée par une femme coach caressante à l'envi, il aurait pu faire des miracles. Et emporter la starlette vers un Hollywood de bazar. Un ailleurs toujours aussi intéressant que celui-ci, avec une tripotée de rêves inaccessibles. De là à croire que le couple avait décidé de trucider le mari gênant, il n'y avait qu'un pas.

C'était cette hypothèse-là qu'échafaudait lentement le commissaire. La starlette de l'embouchure se découvre une envie pressante de changer d'air. Elle aguiche l'employé bien sous tous rapports et franchement porté sur les blondes, afin d'en faire son bras armé.

Ensemble, ils attendent la nuit puis ils se lancent à

l'assaut du costaud qu'il faut éliminer. Celui-ci ne veut pas se laisser égorger comme un goret. Il renâcle, se défend puis attaque et prend le dessus au point de poignarder son rival avant de serrer le kiki à cette jolie femme qui ne pourra plus être la sienne et qu'il ne veut laisser à personne.

Une fois le terrain déblayé, il se lave les mains comme Ponce Pilate. Il en tartine partout sans faire attention. Pourquoi ? Parce qu'il est blessé. À mort, mais il ne le sait pas. Il veut sortir le cadavre de sa femme pour l'étendre sur le gravier de la cour. Pourquoi ne pas la laisser dans la maison ? Mystère. Avait-il envie d'allumer un bûcher pour faire disparaître l'objet de sa colère ? Voulait-il expier son geste en purifiant les coupables ? Personne ne le saura.

Et son destin le rattrape. Il a mal. Il est exsangue. L'arme acérée lui a détruit les organes et déchiré les chairs. Elle l'a transformé en moribond, en condamné définitif. Sa vie bascule vers l'ombre. Il rend l'âme à côté de ses deux victimes. Le trio infernal se rejoint dans la mort.

À ce moment de sa réflexion, Landowski buta sur un point, toujours le même. Peu importât le mode opératoire, il restait toujours à expliquer l'absence criante de l'arme du crime. Quel outil pouvait donc produire cette série régulière de trous sanguinolents dans le dos du grand Louis ? De plus, supposer qu'un passant désœuvré s'en fût emparé comme trésor de guerre était un peu tiré par les cheveux. Comme ces séries télévisées où on ne s'embarrasse pas de la plus élémentaire vraisemblance…

Non, il n'était pas satisfait de son investigation. Autant il restait persuadé que l'adultère était le moteur de cette hécatombe, autant il ne parvenait pas à mettre à plat ce qui s'était réellement passé. Il n'avait pas besoin d'attendre l'autopsie de Sandra Cascadec pour savoir qu'elle avait eu des rapports sexuels consentis avant de mourir. Les recherches prouveraient facilement que le sperme retrouvé dans son corps appartenait à l'employé de son mari. Il n'avait aucun doute là-dessus.

Landowski n'avait jamais été très adepte de ces analyses d'ADN et tutti quanti. Pour lui, l'observation et la perspicacité de l'enquêteur étaient encore capables d'aller plus au fond des choses et d'expliquer mieux qu'un microscope braqué sur un extrait d'éprouvette.

Un autre problème était aussi de comprendre le choix du moment. Pourquoi ce samedi soir ? Qu'y avait-il eu comme événement déclenchant pour conduire au drame ?

Il conclut sur une autre hypothèse pour laquelle il n'avait pas le moindre indice à part la disparition de l'arme du crime. Et si le passant inconnu était devenu un acteur malgré lui ?

Il jeta un œil par la fenêtre. Gendarmes et justice s'affairaient autour des trois cadavres et les commentaires semblaient aller bon train. Il savait bien que cela prendrait encore des heures, l'investigation scientifique étant devenue le passage obligé des enquêtes policières.

Il revint vers la cuisine. Il chercha le tiroir de la table qui était masqué par une toile cirée un peu grasse. Il y trouva des couverts, un tire-bouchon, un couteau à pain et autres accessoires, comme il pouvait s'y attendre. Tout à droite, il y avait une serviette de table de couleur bleue soigneusement pliée. Il la souleva. Dessous étaient cachés un portefeuille noir, un passeport puis une sorte d'étui en cuir frappé d'une sorte de sceau difficile à déchiffrer.

Il ouvrit le portefeuille. À l'intérieur, il y avait les bricoles habituelles : des cartes de restaurants et d'hôtels témoignant de voyages un peu partout en Europe, des papiers avec des numéros de téléphone et quelques petites coupures en euros. Ainsi qu'un billet de banque libellé en marks.

Le passeport était celui de ce François, mort sur le gravier de la cour. En réalité, il se nommait Franz Renner et était né en Autriche à Braunau en 1976.

En prenant connaissance de cette information, Landowski ressentit comme une piqûre dans le bas du dos. Il avait toujours ce genre de sensation quand quelque chose d'essentiel le touchait. Tout à coup, il crut entendre des bruits d'essieux grinçant sur des rails, une rumeur, des cris. Et un goût de cendre se mit à envahir sa bouche. Il n'aimait pas ça. Pas du tout.

Dans l'étui de cuir, une grosse somme d'argent était

rangée en coupures de cent euros. Les billets n'avaient manifestement jamais été utilisés ni même extraits de leurs liasses liées par un bracelet en plastique. Il y en avait au moins une centaine.

Le cuir de l'objet était frappé d'un sceau à chaud. On aurait dit un écusson avec, à l'intérieur, une sorte de G stylisé. Le trait était épaissi à gauche et à droite, fin dans le bas et le haut, formé en crochet pointu pour l'extrémité centrale, l'autre extrémité dirigée vers la droite étant pattée.

Il fut intrigué autant par ce signe que par l'ensemble de sa découverte mais il décida de ne rien emporter. S'il le faisait et que cela vienne à se savoir, il aurait donné des allumettes à ses détracteurs pour le brûler en Place de Grève.*

Cependant, il devait garder des traces, au moins de l'écusson dont il ne connaissait rien. Il chercha une feuille d'essuie-tout comme on en utilise dans toutes les cuisines. Par chance, alors qu'il se trouvait chez un célibataire, il en dénicha un rouleau presque neuf. Il enduisit légèrement de beurre les creux du dessin. Il déroula une feuille qu'il appliqua sur l'écusson. La partie grasse apparut. Il appuya le tout sur la page d'un magazine, tant pis pour Marilyn, et il souligna le dessin d'un trait de stylo à bille pour le reproduire à l'identique. Il essuya soigneusement l'étui de cuir et replaça le tout dans le tiroir.

*Place de Paris devenue en 1806 la Place de l'Hôtel de Ville. De 1310 à la Révolution, elle fut le lieu des exécutions capitales.

L'opération était laborieuse et très artisanale mais il était assez satisfait. Il avait devant lui la copie conforme de l'écusson. Il referma la revue.

À ce moment-là, il entendit un glissement derrière lui. Quelqu'un était discrètement entré dans l'appartement. Il sentait l'inconnu s'approcher dans son dos. Il se retourna la main sur la crosse de son arme.

— Holà ! Ce n'est que moi, dit le lieutenant Caral d'une voix mal assurée.

Il retira sa main de la crosse rassurante. Sa mine changea et il prit une attitude bonhomme.

— Fais gaffe quand même ! J'ai encore de bons réflexes !

— J'ai constaté !

Puis il montra du doigt le magazine.

— Accro des blondes, Commissaire ? demanda Caral, sourire en coin.

Landowski roula la revue sans répondre.

— C'est quoi ton problème ? demanda-t-il au lieutenant.

La réponse cingla.

— Monsieur le baron a disparu cette nuit !

VII

La voiture s'arrêta devant l'entrée de la propriété, à l'abri d'une voûte de pierre mangée par un lierre prolifique. Un homme, les bras écartés, coiffé d'une casquette à la Doc Gynéco, interdisait d'aller plus loin. Le policier quitta calmement le véhicule et s'approcha.

— Police ! Je suis le commissaire Landowski. Je me rends au manoir. Laissez-moi passer.

— Hé non, je ne peux pas ! ironisa le rappeur.

Landowski écarta les pans de sa veste pour poser les mains à la ceinture. Le geste, calculé, fit apparaître la crosse quadrillée de son arme. Le frêle cerbère s'adoucit :

— Vous fâchez pas, quoâ, c'était une plaisanterie ! Vous passez pas parce qu'on m'a dit de bloquer. Sinon, j'm'en fous moi ! On tourne une scène à côté d'une fenêtre. Ensuite, ça finit sur la p'louse. Une voiture de cops dans le champ, ce serait plutôt marrant !

— C'est quoi votre film ?

Le jeune homme haussa les épaules.

— J'chais pas moi ! Et j'm'en tape ! J'étais au chôme ! Du taf c'est du taf ! J'ai dit OK mec !

Il tapota sa casquette.

— Mais y a du cool, mec, tu vas voir toi-même, quoâ ! À part ça, ils passent leur temps à s'engueuler. Sont lourds !

Comme dans un bon scénario, la haute porte du manoir s'ouvrit violemment. Une femme, suivie par une caméra servie par deux hommes en tenue sombre, s'avança. La femme était une métisse, totalement nue sous cette fraîcheur humide. Superbe aussi de dos.

— Le gendarme avait raison, admit Landowski d'une voix gourmande.

Un homme presque nu, maquillé en chat et affublé d'un gilet moucheté auquel on avait attaché une queue blanche sortit du manoir en sautillant. Il entra dans le champ de la caméra et fit face à la femme nue qui s'était allongée sur la pelouse. D'un geste prompt, il s'agenouilla, offrant ainsi son anatomie laiteuse aux regards des visiteurs. Son attitude ne laissait planer aucun doute sur ses intentions.

Une voix cria :

— Coupez, elle est bonne !

Le metteur en scène s'aperçut alors de la présence d'intrus sur son lieu de travail.

— Mais qu'est-ce qu'ils font sur mon plateau, ceux-là ! cria-t-il de mauvaise humeur. Ce n'est pas un zoo ici ! Faudrait voir à ne pas confondre !

Landowski l'ignora superbement et pénétra dans le manoir. À l'intérieur, c'était le capharnaüm total. On aurait dit que les marchands du temple avaient squatté les lieux. Quelques jolies personnes habillées légèrement et maquillées en animaux évoluaient dans le charivari à la manière de créatures au paradis terrestre. On aurait dit qu'on jouait *L'Après-midi d'un Faune*, façon carré rose.

Le commissaire, le lieutenant Caral sur les talons, patienta une minute en ne perdant pas une miette du spectacle puis une femme à la prestance légèrement entamée par les ans et à la mine un brin défaite vint les rejoindre.

Elle se redressa fièrement comme si elle voulait tenir son rang avant de se présenter :

— Je suis la baronne de Kervirac. Vous êtes la police, je suppose ?

— En effet, Madame la baronne ! Je suis le commissaire Landowski. Mon adjoint, le lieutenant Caral.

— Venez à l'office, nous y serons plus tranquilles.

Deux jeunes femmes en costume léger passèrent en riant. La baronne leva les bras au ciel.

— Décidément, dit-elle en soupirant, je ne m'habitue pas à cette agitation permanente. J'en ai un peu assez de ce strass et de ces plumes qui se donnent des airs de vêtements sans en être. Vous avez pu vous en rendre compte à l'instant.

L'hôtesse entraîna les fonctionnaires de police dans une enfilade de salles encombrées de tableaux et de mobilier ancien avant de les faire entrer dans une petite pièce où une femme de chambre, penchée sur son ouvrage, repassait méthodiquement des serviettes de table d'un blanc immaculé brodées d'un élégant monogramme.

— Sophie, laissez-nous, voulez-vous, j'ai à m'entretenir avec ces messieurs.

Après un petit signe de tête pour marquer sa déférence, la jeune fille s'esquiva sans un bruit. Quand la porte se fut refermée sur elle, la baronne expliqua :

— Je vous remercie d'avoir fait si vite. Je n'ai pas vu mon mari depuis hier soir. Il n'a pas donné signe de vie depuis l'aurore et je suis évidemment très inquiète. Cette absence n'est pas normale.

— Il n'a pas dormi à vos côtés ? demanda Landowski.

La baronne serra une main dans l'autre.

— Il faut que je vous avoue que nous faisons chambre à part depuis quelques années… À nos âges ! D'ailleurs, dans nos familles, la couche commune est réservée aux devoirs de la procréation. Les autres soirs, chacun rejoint ses appartements. De quoi ouvrir une voie royale aux amours ancillaires !

Avant de poursuivre, elle regarda un peu fixement un dé à coudre qu'elle venait de pêcher dans la boîte à ouvrages oubliée sur la table par la jeune servante.

— Ce matin, comme tous les jours, continua-t-elle, je me suis rendue dans la chambre de mon mari pour le réveiller. Malgré le tapage que font ces malandrins mal dégrossis, mon époux dort comme un loir. Il travaille souvent fort tard le soir et il resterait dormir jusqu'à l'heure du déjeuner si je le laissais faire.

— Et il n'était déjà plus là ?

— J'ai été vraiment stupéfaite en entrant dans la pièce. Le lit était préparé pour la nuit comme le fait la femme de chambre, avec le drap parfaitement tiré et lissé. Il ne s'était donc pas couché. C'est ainsi que j'ai constaté d'abord son absence puis, ensuite, sa disparition.

— Votre mari n'a rien laissé à votre intention ? Une lettre, un signe…

La baronne s'insurgea mais avec retenue. Landowski mit cela au compte de l'éducation reçue par la dame.

— Cela se voit que vous ne connaissez pas mon époux ! Le maître des lieux, c'est lui. Je ne suis que son épouse. Autrement dit, pas grand-chose selon la loi salique !* Le titre c'est lui qui le porte. Je suis issue de plus petite noblesse mais il a bien eu besoin de la fortune de mon père pour continuer à tenir son rang.

— Ce fut un mariage arrangé, c'est ce que voulez dire ?

La baronne eut un petit sourire.

— Mais je l'aime, vous savez !

— Lui est-il arrivé de disparaître ainsi ?

— Il n'y a pas longtemps, il harnachait encore son cheval après minuit pour chevaucher dans la lande jusqu'au jour. Il revenait dans un de ces états ! Il était fatigué, pas présentable mais heureux !

*Loi excluant les femmes de la succession au trône de France.

— Et aujourd'hui ?

Elle regarda au-dehors, semblant regretter le temps passé.

— Nous n'avons plus de chevaux. Mon mari ne peut plus monter. À cause de sa jambe raide. Il se consacre à des recherches historiques qui occupent le plus clair de son temps.

— Il a pu sortir à pied à la nuit et tomber dans une fondrière… suggéra Landowski.

La châtelaine soupira.

— Je ne peux guère m'associer à cette hypothèse. Il marche difficilement et avec une canne, qui plus est ! Je dois le soutenir dans les escaliers. Il n'a pas pu s'éloigner seul à l'extérieur. Ce n'est pas possible, Monsieur le commissaire.

— Vous laissez supposer qu'il serait parti avec quelqu'un ?

L'hôtesse leva les bras au ciel.

— Où qu'il soit allé, il lui a fallu de l'aide. Voyez-vous une autre explication ?

— Avez-vous entendu du bruit, cette nuit ?

La dame réagit vivement.

— Bien sûr ! Comme chaque nuit depuis que cette équipe de cinéma est ici ! C'est Sodome et Gomorrhe.

— Que voulez-vous dire ?

— Ils tournent leur film jusqu'à fort tard dans la nuit. Il s'agit souvent de scènes osées avec l'alibi de ces costumes complètement ridicules.

— Vous avez été témoin de ces… ?

— Non bien sûr ! Disons que je les imagine très bien. Je me demande d'ailleurs si cela a encore un rapport avec le cinéma. Les techniciens eux-mêmes sont très légèrement vêtus. Au cas peut-être où ils devraient être des figurants. Je sais qu'il fait chaud sous les projecteurs mais quand même ! C'est peut-être pour être davantage dans l'ambiance. Je ne sais pas. Mais…

La baronne de Kervirac fronça les sourcils.

— Il y a de quoi se poser des questions de morale, vous savez ! conclut-elle.

— Avez-vous entendu des bruits particuliers qui seraient sans rapport direct avec l'activité de vos pensionnaires ?

Elle protesta à nouveau :

— Je vous prie de ne pas les dénommer ainsi ! Ce ne sont pas mes invités. C'est mon mari qui s'est laissé entraîner dans cette histoire. Ils lui ont fait miroiter l'intérêt qu'il y avait à ouvrir les portes du château. Je ne sais quelle suite il comptait donner à tout cela. Je crois qu'il s'est laissé abuser par la silhouette avenante de ces jeunes personnes.

— Ils ne sont pas arrivés comme ça un beau matin…

— D'après ce qu'il m'a expliqué, mon époux avait lu dans Blasons et Noblesse, une revue de notre monde, que des châteaux servent parfois de cadre à des productions cinématographiques. Quand un vague producteur l'a contacté, il a immédiatement donné son accord. Moi, je ne voulais pas qu'il leur permette de s'installer à demeure. Tout au plus, j'acceptais leur présence pour quelques scènes en espérant qu'ils repartent bien vite.

La baronne se redressa.

— Je n'admets pas, dit-elle avec conviction, qu'ils me traitent en intruse comme ils osent le faire sans vergogne. Je n'admets pas non plus qu'ils mettent un point d'honneur à vider notre cave sans nous en demander la permission !

— Votre mari ne proteste pas ?

— Il suffit que l'une de ces gourgandines se prélasse sous ses fenêtres en petite tenue pour lui faire perdre la raison pendant un bon moment. Il leur a fait visiter les sous-sols et autres lieux pendant des heures. Sauf peut-être son laboratoire de recherches.

Elle s'énervait, la châtelaine. Ses mains s'animaient et son visage fatigué se marquait de plis durs.

— Non, reprit-elle, la voix plus calme, je n'ai rien entendu de particulier. D'ailleurs, je ne pouvais pas suivre autre chose que leurs turpitudes puisque ma chambre se situe juste au-dessus du salon où se tournent la plupart des scènes. Les bruits ont tendance à monter, vous savez. Par contre, les appartements de mon mari se trouvent à l'extrémité de l'autre aile, celle qui fait face à la mer.

— Et votre personnel ?

— Il loge aux communs, de l'autre côté de la cour. Je les ai réunis ce matin et je leur ai parlé de la disparition de mon mari. Ils ne savent rien. En tous cas, ils ne m'ont rien dit de significatif.

— Si vous le voulez bien, nous allons quand même les entendre, précisa Landowski. Pouvez-vous nous prêter des locaux ?

— Ici, ce sera parfait pour votre lieutenant. À vous, Monsieur le commissaire, je réserve naturellement le boudoir…

VIII

La jeune femme métisse prénommée Amélie s'assit sur la chaise posée juste devant le commissaire. Elle avait négligemment passé un peignoir qui fermait mal. Comme par hasard.

Landowski pouvait admirer le grain ambré de la peau se tendant sur la cuisse gauche légèrement découverte et se hasarder plus loin.

— Excusez-moi, Commissaire, dit-elle d'une voix suave, je tourne une scène dans un moment et…

— Je ne vais pas vous importuner longtemps, rassurez-vous ! dit Landowski par pure civilité.

La comédienne se fendit d'un sourire désarmant.

— Vous êtes assez beau gosse pour un commissaire ! dit-elle avec une voix gourmande.

Landowski sourit à son tour. Pas pour les mêmes raisons. La jeune femme en faisait des kilos et, même s'il restait persuadé d'avoir un charme fou, comme bien des hommes, il se demandait déjà ce que cachait cette familiarité un peu forcée.

En professionnel et pour couper court avant d'en perdre le fil, il ordonna :

— Même exercice que vos camarades. Je voudrais connaître votre emploi du temps de la nuit. Précisez-moi également si vous avez remarqué quelque chose de particulier.

Elle reprit son sérieux sans changer de position.

— Cette nuit, dit-elle d'une voix caressante, on tournait une scène un peu difficile. Le réalisateur est exigeant.

— Juan Azul c'est espagnol, non ?

— Il le porte en souvenir de son père qui a combattu dans les rangs du franquisme.

— Drôle de choix. Enfin, chacun a le droit de se coller un pseudo ! Vous parliez de l'œuvre impérissable que vous tournez…

L'actrice se défendit :

— Attention, hein ! Ce n'est pas un film porno que nous jouons mais une belle histoire avec des sentiments et de la passion. Il y a une grande différence ! On doit donner l'illusion de faire l'amour et c'est plus difficile de suggérer que de pratiquer vraiment. La baronne s'y trompe d'ailleurs. Elle nous croit vautrées dans le stupre et la luxure du matin au soir, alors qu'il n'en est rien. C'est vrai qu'on nous voit nues ou presque mais il n'y a pas que des scènes légères dans le scénario. Il y a du véritable texte aussi ! Il faut comprendre que c'est un job, un point c'est tout. Même si on y prend du plaisir !

— Et c'est quoi ces incroyables costumes que portent la plupart des acteurs ?

— C'est l'histoire qui veut ça. C'est une sorte de conte libertin. Personnellement, je n'ai pas ce genre de problème…

— J'ai pu le constater effectivement.

Elle passa lentement son index sur sa lèvre inférieure.

— Et ça vous a plu ?

Il botta en touche.

— Je fais une enquête.

— Mais ça n'empêche pas l'émotion. Vous comprenez ce que je veux dire, n'est-ce pas ?

Elle s'interrompit pour jauger son effet.

Comme le policier restait impassible, elle continua :

— Dix fois, il a fallu recommencer à cause ce ces maudits éclairages qui ne tenaient pas plus d'une minute. L'alimentation électrique du château est vétuste. Alors, vous pensez bien que je n'ai rien vu. Plus tard, je suis sortie prendre l'air. J'y ai retrouvé Greg, l'assistant.

— Il avait quitté le plateau pendant les prises ?

— S'il avait fait son boulot, pourquoi pas ? Heureusement qu'il est là, d'ailleurs !

— Et ensuite ?

— Nous avons marché ensemble sur le chemin qui descend vers l'embarcadère puis on s'est arrêté un moment près d'un arbre. La script m'a appelé pour un truc qui clochait dans le texte. J'ai fumé la cigarette que Greg m'avait allumée en revenant vers le château. J'ai juste vu le bateau remonter le courant et disparaître dans le noir.

— De quel bateau parlez-vous ?

— Je ne sais pas moi, un bateau, quoi ! C'est important cette histoire ?

— C'est à moi d'en juger ! insista Landowski.

— Bon, ne vous fâchez pas ! J'ai vu une sorte de péniche. Je ne sais pas trop ce que c'était. Je n'ai pas l'habitude de ces métiers-là, moi ! Des pêcheurs sans doute. On pêche la nuit, non ? Puis je suis rentrée.

— Qu'avez-vous fait ensuite ?

— J'avais un peu froid. Je me suis rhabillée. À vrai dire, je n'avais pas grand-chose sur le dos depuis un moment. On a bu un verre de Pommard, le baron possède une cave formidable, et toute l'équipe est montée se coucher. Voilà, je crois que c'est tout.

— Greg vous avait rejointe ?

— Je l'ai vu plus tard. Il rangeait les bustiers des petites chattes sur un portant.

Elle prit soudain un air mutin.

— Elles sont belles nos figurantes, non ? Si vous en avez envie, je vous invite un soir prochain à assister à une ou deux prises. Vous serez certainement surpris. Agréablement, je l'espère. Et puis, nous aurions peut-être un petit rôle sur mesure pour un joli garçon comme vous ! C'est ça le cinéma !

Landowski la laissa s'en aller. Il resta un moment seul dans le silence. Puis le lieutenant Caral qui attendait dans l'antichambre le rejoignit sans crier gare.

— Alors Commissaire, c'était comment ce tête-à-tête ?

Landowski ricana.

— Elle a un peignoir qui baîlle un peu trop naturellement, la belle Amélie !

— Elle vous a fait le coup de la séduction. C'est un peu normal, non ?

— Je ne sais pas trop. J'ai regardé, c'est tout. Elle peut tout aussi bien donner à voir parce qu'elle a autre chose à cacher.

— Elle est belle et vous avez décidé de ne pas vous en rendre compte ?

— Lieutenant Caral, il s'agit d'une enquête criminelle. C'est une femme superbe, je le reconnais. Mais elle ne me fera pas perdre de vue notre job ! Il y a décidément trop de questions à se poser pour que je me laisse aller !

Caral leva l'index.

— Vous, vous êtes amoureux !

— Ce n'est pas la question du jour, lieutenant Caral. On a du boulot !

— Avec doigté, Commissaire ! Quand ils vont apprendre notre venue ici et les investigations qu'on mène, les gendarmes vont se plaindre au proc !

— J'imagine ça très bien et je vais t'avouer que je m'en fous royalement !

— Vous le faites exprès ?

— Je me fais simplement plaisir en même temps ! Sinon, je n'aurais pas accepté !

Il se fendit d'un sourire un peu forcé. Il continua :

— Tu as entendu le petit personnel. Est-ce qu'ils t'ont livré quelques secrets d'alcôve ?

— J'allais y venir justement. Le baron envisageait de se séparer de quelques-uns de ses employés. Il envisageait de repartir vivre à Paris une partie de l'année. Pour continuer ses recherches. Vous imaginez bien que ceux qui risquent de monter dans la charrette ne le portent pas dans leur cœur. Mais de là à vouloir le faire disparaître…

Landowski releva le menton.

— Il n'y a d'innocents que les coupables qui s'ignorent, dit-il, sentencieux.

Le lieutenant hocha la tête en signe de connivence. Il ne pouvait pas faire moins.

— Votre thème favori, hein ? Culpabilité ou innocence…

— Bien sûr ! Il m'a fait passer de bons moments. Il suffit que je me drape dans la tunique du flic obtus pour irriter un brin. Chacun a sa façon de voir sur ce sujet. Mais il est bordé de chausse-trapes. J'observe alors avec délectation les contradictions qui façonnent les êtres humains plus sûrement que des chaînes d'ADN !

Le lieutenant Caral secoua un peu la tête.

— C'est toujours un peu dur de vous entendre développer la théorie du tous coupables, vous savez ?

— Tu es au courant de mes marottes on dirait !

— Vous avez vos détracteurs !

— Et ils se chargent de faire passer le message, je suppose !

— Exactement. Commentaires salés à l'appui !

— Je sais tout ça mais ma clientèle n'est pas celle des innocents. Et je ne crois pas en avoir rencontré beaucoup dans les affaires que j'ai eu à traiter. Sauf une fois où un gars du milieu marseillais a accepté de prendre vingt ans à la place d'un autre parce qu'il avait une dette d'honneur. Pour ses permissions de sortie, bien plus tard évidemment, on lui envoyait un avion privé et il allait s'éclater aux courtines à Cagnes-sur-Mer tous frais payés. Un monsieur !

Il se tut un instant avant de reprendre.

— Pour ce qui est de mes convictions judiciaires, on en reparle quand tu veux. J'espère toutefois que je ne me suis pas trop souvent trompé.

Un angelot passa lentement.

— Pour revenir au petit personnel de cette charmante demeure, reprit le lieutenant, ils adorent leur patronne. C'est certain. Elle leur est un peu plus proche que le baron. Elle s'occupe d'eux et de leurs petits ennuis. Elle les écoute.

— Je t'ai branché tout à l'heure…

— J'ai gardé ça pour le final. Vous savez, la petite bonniche qui repassait à l'office quand nous sommes arrivés sur les talons de la baronne…

— Elle l'a appelée Sophie, il me semble.

— Elle rendait visite au baron dans sa chambre certains soirs.

— Ah oui, les amours ancillaires…

— Comment ?

— Je pense tout haut, ne t'inquiète pas !

— Donc la bonniche…

— …lui portait une tisane !

— Pas vraiment non !

— Ses collègues étaient au courant des heures supplémentaires de la jeunette ?

— C'est l'un d'eux qui l'a balancée. Cette information m'a été confirmée par une autre plus tard.

— C'est toujours pareil dans ces cas-là. Il suffit d'un peu de jalousie pour faire péter le jackpot !

— Le baron aurait été, comment dire, son initiateur à la petite. Enfin, à ce qu'il paraît !

— Ils en savent des choses, dis donc ! À croire qu'ils tenaient la chandelle pendant que le baron…

— Facile d'écouter aux portes. C'est plein de coins et de recoins ici !

Landowski hocha la tête.

— Sa femme semble regretter sa chasteté réglementaire !

— Il cache bien son jeu, pépère !

Landowski respira profondément avant de conclure :

— J'ai bien envie de lui toucher deux mots à la sainte-nitouche.

IX

On lui aurait donné le bon Dieu sans confession à cette jeune fille-là. Elle se dérobait habilement derrière une apparente timidité et une candeur affichée comme un mot de passe.

Elle s'assit face au commissaire en se posant délicatement sur le bout de la chaise tendue de velours rouge comme une pensionnaire bien élevée d'école de jeunes filles. Ses fesses touchaient l'assise sans l'investir dans une sorte de caresse de passage. Elle gardait les cuisses serrées à l'extrême et les pieds joints comme pour faire preuve d'une chasteté très naturelle. Rien à voir avec la posture de la belle Amélie.

Cet excès n'échappa pas à Landowski. Il avait trop l'habitude des traits appuyés pour prendre au premier degré ce qu'on lui offrait à voir. Il gardait ses distances en toute occasion. Il en allait de même avec l'actrice comme avec la soubrette. L'amour du juste milieu. La jeune Sophie portait une robe noire de service avec un col blanc en dentelle un peu vieillot. Peut-être que ses patrons imposaient ce costume fin dix-neuvième pour donner davantage de noblesse à leur vie quotidienne.

La peau de son visage était lisse et légèrement hâlée. Cils et sourcils étaient noirs comme ses yeux. Elle avait des lèvres légèrement ouvertes sur la blancheur immaculée de ses dents. Ses cheveux étaient retenus par un bandeau ajouré. Elle avait posé ses mains très soignées bien à plat sur son tablier propre et elle attendait les questions. Composition parfaite pour jolie aquarelle de Marie Laurencin. Landowski la regarda un instant sans dire un mot comme s'il voulait créer une certaine connivence navrée. La jeune fille avait l'air d'être un peu intimidée. Il avait donc besoin de réduire la distance pour parvenir à ses fins.

Il finit par s'éclaircir la voix avant de dire avec douceur :

— Vous savez que Monsieur le baron a disparu. Mon adjoint et moi, nous cherchons à comprendre ce qui s'est passé pour pouvoir le retrouver. Nous interrogeons les personnes qui l'ont approché récemment.

— L'autre policier m'a dit tout ça tout à l'heure.

Sous son air candide, la femme de chambre n'avait pas l'intention de s'en laisser compter. Landowski avait très bien saisi.

Il posa une question en termes choisis :

— Est-ce que la disparition de votre employeur vous touche personnellement ?

La poitrine de la jeune fille se souleva dans un mouvement plus rapide devenant du même coup perceptible.

— Je l'aime bien, moi, répondit-elle d'une voix douce de jeune fille simple. Même si les autres le détestent.

Elle s'était contenue sur la dernière phrase. Landowski en était certain.

— Ils peuvent avoir leurs raisons de lui en vouloir s'ils risquent de perdre leur emploi. Vous n'êtes pas dans ce cas ?

— Je ne crois pas. Monsieur est très gentil avec moi. C'est lui qui a proposé la place à mes parents.

Landowski nota l'emploi du présent. Pour elle, le baron était vivant. Du moins, elle le supposait.

— Est-ce qu'on peut dire qu'il vous a beaucoup appris ?

La jeune fille hésita, se mordit la lèvre inférieure en regardant ailleurs avant de répondre.

— Oui, avoua-t-elle d'une voix blanche.

Puis elle tenta de se reprendre :

— Ce n'est pas rien de travailler dans une maison comme celle-ci quand on n'a pas du tout d'expérience. Il y a des règles, beaucoup de choses à apprendre et…

— Même des choses qui n'ont rien à voir avec le travail ? demanda le commissaire en saisissant la balle au bond.

— Monsieur le baron est très cultivé, vous savez ! Il me montre des livres. Il appelle ça des grimoires. Il m'a raconté l'histoire de sa famille. Il a une pièce au sous-sol consacrée à ses recherches. Il veut que je sois instruite. Il dit souvent qu'il n'est pas éternel.

Elle était forte la miss. Landowski recadra les choses.

— Je ne parlais pas précisément de cet apprentissage-là. Je m'orientais davantage sur des expériences, disons, plus intimes.

Il la regarda fixement.

Sa lèvre supérieure était animée d'un léger tremblement presque imperceptible. Pas pour un flic d'expérience qui cherchait par ses questions à passer au registre de l'émotion et du sentiment. Tout un art appris au hasard des enquêtes.

Très gentiment, il ajouta :

— Est-ce que vous comprenez bien ce que je veux dire, Mademoiselle ?

La jeune Sophie se raidit.

— Vous avez écouté les ragots des autres ?

— Ragots, je ne sais pas. C'est à vous de me le dire.

— C'est si important ? Il vaudrait mieux partir à la recherche de monsieur sans attendre que…

Elle cria sa détresse.

— Qu'on lui fasse du mal ou qu'on le tue !

— Savez-vous avec qui il est parti ?

Il sentit qu'elle était au bord des larmes.

— Je n'ai aucune envie de vous torturer, dit-il, je cherche à recueillir le maximum d'éléments. Votre intimité avec lui, si elle est avérée, pourrait nous aider.

La jeune fille se tordit les mains puis elle releva fièrement la tête.

— Les autres vous ont dit la vérité. Je lui devais mon emploi à Monsieur le baron. Il fallait bien que je lui donne quelque chose en retour. J'ai trouvé ça très normal. Ce n'était pas de l'argent qu'il attendait de moi. Il avait envie de tendresse. Je pouvais lui donner ça. Mieux que sa femme. Ce n'était pas bien difficile. De toute façon, chez un patron, ça aurait été la même chose pour moins que ça ou même pour rien. Avec davantage de brutalité.

— Vous avez une drôle de façon de juger le monde du travail !

— J'ai entendu dire ce qui se passe souvent. Et ce n'est pas joli joli !

— Il vous paye bien ?

Elle crut l'orage passé. Elle se détendit un peu.

— Je n'ai pas à me plaindre. Bien au contraire. Surtout, il me fait des cadeaux supplémentaires. Pour après, c'est ce qu'il dit. Il veut autre chose pour moi que cet emploi de femme de chambre. Mais je ne suis pas pressée.

— Et hier soir, comme d'habitude, vous deviez aller le retrouver dans sa chambre ?

Tout à coup, elle s'anima.

— Non justement ! Pas hier soir ! À la différence des autres samedis.

— Vous a-t-il expliqué pour quelle raison il ne souhaitait pas vous voir ?

— Il est venu me retrouver dans la lingerie. Nous sommes restés seuls un bon moment. Personne ne savait que nous étions là. Il m'a dit de ne pas venir. Il ne m'a pas donné d'explication. Je n'ai rien demandé. Je ne suis qu'une employée. Ensuite, il a voulu une chemise neuve. Je lui ai sorti une blanche en lin et je l'ai laissé.

— Et ce fameux soir ?

— Ben, Je me suis couchée tout de suite après le service du dîner, voilà tout. D'ailleurs, j'étais un peu fatiguée.

Landowski la regarda droit dans les yeux.

— Est-ce que vous l'avez revu plus tard dans la soirée. En début de nuit par exemple…

Elle soutint fièrement ce regard inquisiteur.

— Non, répondit-elle sobrement.

Landowski avait comme un goût d'inachevé dans la bouche. La belle ne dirait rien de plus. Dommage.

— Ce sera tout pour aujourd'hui. Merci Mademoiselle.

La jeune soubrette se leva, prit son temps pour s'approcher de la porte, comme si elle hésitait à ajouter quelque chose.

La main sur la poignée, elle osa formuler sa requête :

— Ne parlez pas à Madame de… tout ça, souffla-t-elle. Maintenant que Monsieur est absent, elle me jetterait immédiatement dehors.

X

Théo n'avait pas très faim. Il avait, posée devant lui, une poêle un peu noircie par les séjours prolongés sur un feu vif. En fin de marché, il avait acheté au rabais une belle aile de raie qu'il avait préparée au beurre noir avec des câpres. Il n'était pas, comme un mendiant, incapable de subvenir à ses plus élémentaires besoins. Il avait un peu d'argent de côté lui permettant de vivre autrement que de larcins et autres chapardages. Le braconnage dont il se faisait une fierté relevait davantage de son esprit frondeur et anarchiste que d'une nécessité vitale.

Il avait auparavant fait cuire trois belles pommes de terre pour accompagner son poisson. Il avait rempli sa casserole d'eau de mer battant inlassablement les coquillages en rouleaux réguliers. À vrai dire, il prenait un malin plaisir à faire de son anticonformisme une véritable identité. Un art de vivre. Une fois le tout disposé sur une belle assiette ancienne trouvée dans le buffet du petit logement mis gracieusement à sa disposition, il s'était coupé un morceau de pain un peu rassis et versé un grand verre de muscadet avant de s'asseoir sur un coussin écrasé par l'habitude.

Maintenant qu'il était devant son repas, il chipotait comme un enfant ayant horreur du jour du poisson. Il détachait la chair blanche de la solide arête sans le moindre entrain. Comme s'il avait soudainement perdu l'appétit.

Le plat était excellent, il n'en doutait pas le moins du monde. Il n'avait pas son pareil pour réaliser ce beurre noir incroyablement délicieux, le pire ennemi de sa santé, ce dont il n'avait que faire, d'ailleurs. Le muscadet était bien frais, les bouteilles étant conservées dans un casier à homard immergé à quelques mètres du rivage.

Dans le fond, il n'avait pas la moindre envie de prendre du plaisir en regardant au loin les lumières s'allumer sur l'île Callot.

Une heure auparavant, il avait appris la disparition du baron de Kervirac. Ce qu'il avait redouté était en train de se mettre en place. Les soldats du mal étaient en marche.

XI

Le lieutenant Caral avait conduit Landowski jusqu'à la plage du Kelenn et l'y avait laissé. Il était rappelé à Morlaix. Pour faire son rapport avait supposé le commissaire.

Ce qu'il avait cru comprendre c'était qu'il y avait de la friture sur la ligne. Côté gendarmerie, on devait protester. Côté police, on attendait de voir. Pour un peu, l'ambiance allait tourner à l'aigre. On s'agitait certainement autour de la présence du divisionnaire sur les lieux. Ce n'était pas pour lui déplaire.

Il y a toujours une certaine rivalité entre les offices centraux, rattachés comme leur nom l'indique à la direction centrale de la Police Judiciaire, et les services régionaux qui assurent la police de la proximité. Les policiers des offices viennent sur les affaires en observateurs ou en renforts des services régionaux. Leur expérience peut être fort utile. Sauf qu'ils marchent assez naturellement sur les plates-bandes des fonctionnaires locaux. C'est humain de ne pas vouloir se laisser déposséder d'affaires qu'on a soulevées au profit des célébrités dépêchées par Paris. Et si, en plus, la gendarmerie s'en mêle !

Sur cette affaire, Landowski était bien dans cette position ambivalente du superflic aux champs. Il comprenait bien qu'on allait s'intéresser de près à ses faits et gestes. Pas forcément d'ailleurs pour le gêner ou le desservir. Il se créait ses propres inquiétudes surtout sur le long terme. Les vengeances mijotent parfois longtemps jusqu'à accrocher au fond de la casserole.

Il marcha un moment sur la zone réservée aux piétons, entre la plage et les restaurants, en flânant comme un touriste.

Arrivé à la hauteur des toilettes publiques, il obliqua vers le cube de béton fraîchement repeint et il y entra pour satisfaire un besoin très naturel.

Tandis qu'il se soulageait tranquillement, il regardait la mer par les ouvertures pratiquées dans le mur de parpaings. Il tentait de se souvenir du nom des îlots rocheux qu'il apercevait au loin. Il en profita pour rajuster son pantalon qui avait tendance à descendre naturellement. Le poids de l'arme à la ceinture n'arrangeait rien. À ce moment précis, il aperçut son ami Ange qui déambulait au dehors, faussement tranquille.

Ange P. était un collègue flic, commissaire aux RG* depuis des années. Ils avaient suivi ensemble le parcours chaotique du Ganador. Landowski lui en avait voulu de l'avoir laissé se planter au-delà du raisonnable dans cette affaire. Il avait bien compris par la suite

*Renseignements Généraux.

que son pote Ange n'avait pas pu faire autrement. Chacun sa chapelle. Restait l'amitié indéfectible.

Fidèle à son habitude, Ange portait des lunettes noires et des vêtements sombres. Il avait toujours les cheveux rasés, un peu gris, davantage aux tempes. Le commissaire remarqua la protubérance à la ceinture qui cachait une arme de poing. Et cela l'amusa. Ange ne respirait pas sans avoir sur lui son arme de service. Voire deux.

Landowski sortit enfin de l'édicule et s'approcha lentement. Il se garda bien de surprendre son collègue. Un accident est si vite arrivé… Il le héla donc à quelques mètres de distance.

— Oh, Ange !

Comme prévu, le flic se retourna d'un bloc, la main déjà en mouvement vers la ceinture.

— C'est toi Lando ?

— Non, c'est Fantômas !

— Je vérifie des fois qu'on t'aurait lavé le cerveau !

— Et que je vienne te tirer une balle dans le dos ?

— Tout est possible dans ce monde de dingues ! Tu as vu le ruskof empoisonné au polonium 210. On ne lui a pas donné sa chance.

— Toujours aussi parano, hein ?

— Dans notre boulot, c'est une bonne assurance-vie que d'être prudent ! Tu devrais le savoir, Lando !

Ils se donnèrent l'accolade amicale.

— On va bouffer ? demanda Ange, pragmatique.

— Je t'ai invité, non ?

— Tu feras faire une fiche ! La division du personnel et des moyens te remboursera !

— Avec six ou huit mois de retard...

— Sans les intérêts.

Ils devisèrent en rigolant comme des camarades jusqu'au restaurant situé à quelques mètres de là. L'établissement avait une belle vue sur la plage et surtout, sur la mer. L'image était touristique avec ces voiles orange et jaune des catamarans du club local. Une procession d'optimists en bleu et blanc soulignait les îles de traits de couleur.

Ils s'installèrent en terrasse sur le deuxième rang de tables. Ange le voulait ainsi afin de ne pas s'exposer inutilement. Landowski s'amusa de cet excès de précaution puis il se souvint d'avoir hésité, un jour, en sortant d'une gare.* Un tireur aurait pu s'embusquer derrière une souche de cheminée...

Ils commandèrent en direct le plat du jour annoncé sur l'ardoise : crevettes et cœurs d'artichauts poêlés, sauce au safran. Ange choisit un Chardonnay que la serveuse, sur sa demande insistante, apporta rapidement. Elle dressa ensuite assiettes et couverts sur des sets de table en papier représentant une carte artisanale de Carantec à fond bleu.

— Les macchabs, ils étaient là, précisa Landowski en posant son doigt sur le papier.

---

*Lire *La Secte de l'Aven*, même auteur, même collection.

Ange se pencha pour bien repérer l'endroit sur le plan.

— Ils étaient trois, tu disais au téléphone ?

— Une femme et deux hommes.

— Comment, la femme ?

Landowski soupira.

— Là, tu pousses Ange ! Elle était morte !

— N'empêche ! Dis quand même pour voir !

Landowski s'exécuta :

— Blonde oxygénée. Assez grande. Habillée court. Un peu gazelle, tu vois. Assez mignonne dans le genre. Sauf à regarder de trop près.

— Quoi le genre ?

— Marilyn de banlieue. Pas de quoi affoler.

— Je ne suis pas de ton avis ! Moi, je les aime bien, ces guincheuses de fête foraine. Elles gardent une fraîcheur naturelle qui simplifie les échanges. Elles sont réellement gentilles, tu sais !

— Tu ne les glorifies pas des masses en disant ça !

— Je n'en suis pas si sûr, tu vois ! Et tu m'embrouilles là !

Il se mit à manger plusieurs bouchées à la suite puis il reposa ses couverts.

— Et tes investigations ont donné quoi au final ? demanda-t-il très calmement.

— Deux hommes saignés à blanc et une miss étranglée à la culotte trempée, voilà pour le tableau de chasse.

— Tu as mis un ou deux suspects au frigo ?

— Pas pour l'instant. Je ne suis pas chargé de l'affaire. Je suis en arrêt maladie, je te l'ai dit.

— Tu arrives quand même à t'en mêler !

— Il y a eu un quatrième homme sur zone, j'en suis persuadé. Il a bien sûr disparu en emportant l'arme du crime.

Le flic des RG se gonfla les joues avant de relâcher bruyamment l'air retenu.

— C'est une affaire banale ton truc, dit-il. Un crime passionnel ou quelque chose comme ça. On est bien loin des stups ou du grand banditisme. Tu baisses de catégorie, Lando ! On peut savoir ce que vient foutre là-dedans un ancien de l'antigang comme toi ?

Landowski parut tout à coup dubitatif.

— Je ne sais pas trop moi-même…

— Tu n'as strictement rien à gagner sur ce coup. L'affaire ne relève même pas des offices centraux. Tu auras beau essayer de faire passer ça pour une recherche de malfrat en fuite, les locaux vont te flinguer comme à la Foire du Trône !

Ange but une gorgée avec gourmandise. Derrière ses lunettes noires, il regarda son ami.

— Quelle mouche t'a piqué, Lando ?

— J'ai fait comme d'hab'. J'ai accepté.

Le collègue s'irrita.

— Comme un gentil petit soldat ? Alors que tu as mal vécu ton dernier séjour ici ? Tu n'aurais pas viré maso récemment, dis ? Franchement, je ne pige pas.

Landowski se pencha vers son ami.

— Disons que j'ai eu envie tout d'un coup de passer une deuxième couche !

— C'est de la fausse naïveté ou je me trompe ?

Le flic de choc esquissa un sourire. Un sourire de carnassier.

— Et tu voudrais quoi ? demanda Ange.

— Que tu te rencardes un peu. Que tu glanes, quoi, comme tu as toujours fait !

— Sur qui ?

— Commence par le ténébreux qu'on m'a collé au train !

— Qui c'est ton cadeau du ciel ?

— Le lieutenant Mario Caral, mon nouvel aide de camp. Il fait des statistiques au commissariat de Morlaix.

— Ils n'ont pas trouvé mieux ?

— Pour me trimbaler en voiture, c'est bien suffisant. Sinon, je trouve qu'on m'a trop facilement donné le feu vert pour pointer mes arêtes par ici.

— Comme pour te jeter dans une nasse ?

— Par exemple !

Ange ouvrit largement les bras en disant :

— Sans problème, je peux !

Puis ils se turent tout net. La serveuse approchait avec les assiettes. Elle les disposa soigneusement devant chacun en veillant à respecter la symétrie de la décoration. Elle plaça une corbeille de pain en faisant remarquer qu'il y avait deux mini plaquettes de beurre sous les tartines et elle leur souhaita un bon appétit avant de disparaître rapidement. Le plat était composé de grosses crevettes roses et de moules bien jaunes disposées élégamment sur un dôme de riz thaï. Sur le pourtour, le cuisinier avait disposé quelques petits fonds d'artichaut frais et poêlés. Il avait ensuite arrosé les fruits de mer d'une sauce au safran, saupoudré le tout de persil plat et de ciboulette. Un trait de vinaigre balsamique complétait élégamment la recette.

Les deux collègues se mirent en demeure de faire un sort à ce joli plat et, pendant un moment, ils restèrent silencieux, affairés qu'ils étaient à décortiquer les crevettes, en veillant à ne pas se coller de la sauce un peu partout.

— Je n'ai toujours pas eu de nouvelles de Nine, dit Ange en s'essuyant la bouche avant de boire une gorgée de Chardonnay frais.

— Ta femme est partie, répondit Landowski comme pour couper court, il faut que tu te fasses une raison.

Ange s'emporta.

— Putain de Manon, je le sais bien qu'elle s'est barrée ! Mais tu vois, je n'y arrive pas. Même si les occases ne manquent pas, je ne peux pas l'oublier.

Il se calma pour revenir à un ton de confidence.

— Tu sais Lando, l'été je la regardais dormir. J'aimais ça la regarder quand elle ne savait pas que je l'observais. Sinon, elle m'aurait encore dit que je ne savais qu'être un mateur avec des idées mal placées. Elle ne cherchait pas forcément un lit confortable. Un tapis lui suffisait parfois. Et quand elle grinçait des dents inconsciemment dans son sommeil léger, il me suffisait de poser ma main sur ses hanches nues pour qu'elle cesse aussitôt. Mais elle ne se réveillait pas. Elle souriait dans son rêve. Et moi, je restais là, comme un con, à l'admirer sans bouger. Jusqu'à avoir des fourmis dans les paluches ! Et de l'amour plus qu'il n'en fallait ! Dont elle n'avait parfois rien à faire !

Landowski était persuadé que les yeux de son ami se voilaient à cette évocation mais il ne voyait que des lunettes noires. Impénétrables.

Le commissaire avait bien connu Nine, la femme de son copain. Il avait suivi leurs tribulations, écouté leurs altercations, entendu leurs jouissances partagées et ri de leurs histoires de pieds-noirs. Il changea de sujet. Volontairement.

— Je n'ai pas oublié ce que tu m'as dit, Ange, la dernière fois.

— Et c'était quoi ?

— Tu disais que ça sentait le règlement de comptes contre moi et que certains pouvaient essayer de me faire limoger… qu'on cherchait à me mettre en échec, en fait.

— Et tu penses qu'on pourrait recommencer ?

— J'aimerais mieux, tu vois ! Histoire de faire sortir le loup du bois. Tu lorgneras de ce côté ?

— Pas de problème ! Fais gaffe quand même… Tu dois avoir de solides inimitiés avec le souk que t'as foutu parfois. La police, c'est une très vieille dame. Elle n'aime pas être bousculée. Et tout cela peut durer encore un bon moment.

— Tu penses bœuf-carottes, hein ?*

— Pour la cuisson à l'étouffée, il n'y a pas mieux.

Landowski écarta les mains comme un orateur.

— Je viens quand même de faire un superbe coup sur l'île de Ré !**

— Sauf que, pour les félicitations, tu es passé devant la glace !

— Volontairement ! Je me suis placé derrière le miroir, ce n'est pas la même chose !

— La justice a relevé les compteurs. C'est la jolie robe noire qui a raflé la mise !

— Parce que je l'ai décidé ainsi !

— Il y avait un grand coup médiatique à faire pour la Grande Maison. Tu les as privés de cette victoire. De quoi faire la gueule, j'te le dis !

— C'était mon affaire. Le choix m'appartenait !

— Et tu crois que tes pontes ont apprécié ton renoncement ?

— Au moins, ils savent où j'en suis avec Lorraine.

— Elle a de la chance d'être magistrate, celle-là. Sinon, ils te l'auraient atomisée, ta greluche !

— Ce n'est plus l'étudiante en droit qu'on a connu. Ce qu'ils ne savent pas, c'est qu'elle a du caractère et qu'elle en use !

---

*Surnom donné aux policiers de l'IGS, la police des polices.

**Lire *Fugue mortelle en RÉ*, même auteur, même collection.

Landowski poussa un grain de riz avec sa fourchette.

— Elle a aussi de la mémoire ! Mais je…

Ange P. fit une entorse à son protocole. Il baissa légèrement ses lunettes pour regardera par-dessus.

— Dis donc, Commissaire, dit-il de sa voix grave. Pour parler comme les marlous de banlieue, tu la kiffes* grave ta magistrate, non ?

*Aimer (argotique).

XII

La mer s'était retirée. Une brume légère s'effilochait au-dessus de la vasière découverte. Quelques mouettes, pensionnaires des multiples îles semées dans la baie de Morlaix, remontaient vers l'embouchure et traçaient des arabesques au-dessus du chenal.

Appuyé contre un muret grignoté par les embruns, Landowski mâchonnait le capuchon de son stylo. Il avait demandé à Ange de le laisser sur la hauteur, non loin du supermarché.

Il n'avait pas insisté pour qu'il l'accompagne. Ange n'avait rien proposé non plus. Tout comme Landowski, il ne souhaitait pas tout mélanger et il savait bien l'importance de la solitude de l'enquêteur pour parvenir à la vérité.

Il en connaissait un bout sur la solitude. Il en avait eu des nuits inutiles suivies de matins idiots où c'était le bruit des autres qui le passait sous silence. Au point d'attendre des inconnus ce dont ils ne voulaient plus.

S'il n'avait pas de famille stable à son âge, ce n'était forcément par hasard. Il aurait bien essayé, mais il savait qu'il se serait senti à l'étroit dans un rôle écrit par d'autres depuis le début de la civilisation. Avec des schémas et des règles qui ne lui convenaient probablement pas. Et il y avait ce risque permanent de finir sur le bord du trottoir dans une mare de sang. Il n'avait guère envie de faire partager cette peur-là à des proches.

Et pourtant, il rêvait parfois de mariage et d'enfants turbulents. Quand il avait le blues, il créait des couleurs et des parfums pour une femme inconnue qu'il aimait en secret. Il rêvait de choses insensées à vivre au bout du monde. D'une autre manière, avec d'autres gens. Mais il n'allait nulle part.

Il revenait vers son appartement situé quai Branly, non loin du musée des Arts Premiers initié par Jacques Chirac. Il se terrait chez lui en réserve de la République. Il entendait parfois des courses joyeuses dans l'escalier. Il s'attendait à ce qu'une petite main ouvre brutalement la porte en riant. Mais aucun enfant ne jetait son cartable dans l'entrée. Et le silence gris retombait.

Il se secoua comme pour se débarrasser de ces images douloureuses. Il n'avait pas eu envie de revenir sur les lieux avec le lieutenant Caral comme chauffeur. Il aurait cru sentir des ondes négatives lui perturber l'esprit et son jugement en aurait été affecté. Il se disait parfois qu'il se la pétait un peu trop mais il savait trop que sa réussite était à ce prix.

À Quantico, l'agent spécial William Irish qui lui servait d'instructeur avait lourdement insisté sur cette intime conviction forgée *in situ*, en prise directe avec les empreintes invisibles laissées par les protagonistes afin de percevoir l'odeur de la peur, la couleur de la souffrance et le cri de la haine.

Il n'avait pas oublié la conviction de cet homme persuadé que le profileur devait presque revivre la scène du crime comme un mystique inspiré. Avec la souffrance de la victime et l'envie de tuer de l'exécuteur. Sans prendre leur place.

Landowski n'était pas allé jusque-là, jusqu'à cette osmose qu'il trouvait éminemment dangereuse. Il avait extrait de ce séjour outre-Atlantique la méthodologie qu'il était capable d'utiliser sans trop de risques. Sans la transcendance dont il avait un peu peur.

Landowski toisa la maison des Cascadec comme si elle était devenue l'unique objet de son ressentiment. En tous cas, elle était le sujet de ses préoccupations.

L'image des corps étendus au premier plan s'imposa tout à coup devant ses yeux. Il revoyait ces feuilles de journal dégoulinantes et molles, cachant des visages figés dans la douleur indicible d'une mort annoncée. Il détourna le regard de ce carré recouvert de gravier et il s'approcha du bassin. Il ne put s'empêcher de penser que ce miroir-là avait enregistré les images du drame mieux qu'une pellicule. Seulement, il ne possédait pas le décodeur. Il marcha au bord de l'eau qui clapotait en contrebas des arbres. Il atteignit le hangar à bateaux facilement reconnaissable à ses planches enduites de goudron. Il poussa la porte et entra.

Une lumière crue traversait les carreaux de la fenêtre

et dessinait un carré aux contours flous sur le sol. À voir la couche improvisée par la voile étendue, il n'avait pas le moindre doute. Le lieu avait servi à une rencontre intime. Il se prit à espérer qu'elle avait été simplement magnifique. Au-delà de tout.

Rien n'indiquait avec certitude que les visiteurs qui s'étaient attardés là s'appelaient Sandra et Franz. Il aurait suffi d'une microanalyse réalisée par le labo des gendarmes à Rosny-sous-Bois sur une tache, un cheveu ou un poil abandonné sur le tissu pour le prouver.

Mais Landowski n'avait guère envie de jouer aux Experts. Surtout qu'il n'était pas en charge de l'enquête. Il voyait d'ici la tête des gendarmes s'il se mettait à leur ordonner la moindre investigation scientifique.

Il en aurait bien assez avec cette histoire de La Rochelle que son administration avait manifestement en travers de la gorge. Il n'avait fait que son devoir. À sa manière.

Le couple était venu en ce lieu pour une ultime étreinte, il en était pratiquement certain. Il savait bien que cette affirmation n'avait aucune importance pour l'enquête. Il pouvait à peine expliquer le carnage qui allait s'ensuivre. Que des amants se soient retrouvés dans la pénombre de cette cabane pour s'allonger un moment sur ce morceau de voile n'apportait rien de probant. Sauf à souhaiter que ce moment ait été le meilleur puisqu'il était le dernier. Pour l'un comme pour l'autre.

Il se trouva tout à coup bien altruiste à souhaiter le

bonheur de ses congénères, victimes ou criminels. Il avait la souffrance d'actes manqués taraudant son esprit et son corps comme ces insectes boulimiques faisant de la sciure de madriers centenaires.

Il devait en rester là s'il ne voulait pas sombrer dans le sordide, perdre pied et choisir le néant, même si parfois la mariée semblait si belle.

L'idée avait juste le mérite de poser les choses et de séquencer le déroulement du drame. Malheureusement, elle ne livrait absolument pas l'identité du dernier homme. Celui qui passait par là…

Il en était là quand une voix dans son dos le fit sursauter :

— Vous avez perdu quelque chose, Commissaire ?

Il se retourna lentement. Dans la clarté de la porte restée ouverte, l'actrice métisse le regardait en souriant. Elle portait un de ces incroyables pulls qui montrent davantage que la nudité elle-même. Probablement qu'à ce moment précis, Landowski regretta d'avoir fait un autre choix. Il aurait eu bien du mal à faire accepter d'hypocrites dénégations.

Il fit deux pas en avant comme s'il jouait une scène.

— C'est comment votre nom déjà ? demanda-t-il reprenant ses esprits.

Comme s'il ne s'en souvenait plus !

— Je m'appelle Amélie, dit-elle d'une voix qui paraissait placée idéalement par un coach invisible. Vous oubliez vite pour un flic. Ce n'est pas très bon pour l'avancement une mémoire si défaillante !

— Je n'ai rien d'un carriériste ! C'est probablement parce que vous ne faites pas vraiment partie de mon enquête.

Son visage s'anima.

— Ah "ouiche", les cadavres ! Un vrai thriller rural. Et le preux défenseur de la loi joue au commissaire Maigret sur les lieux du drame. C'est ça ? Vous devriez en parler au metteur en scène. Je vous ai déjà dit que vous avez le physique d'un acteur. Il y a là un sujet formidable où vous pourriez jouer votre propre rôle. Ce serait romantique !

— Avec une pincée de névrose en prime !

— Le repos du guerrier, ça n'existe pas chez les commissaires de police ?

Il coupa court, de peur de s'enliser lamentablement.

— Montrez-moi plutôt le genre de bateau que vous avez aperçu, l'autre nuit. Ce sera plus utile à l'enquête !

Ils sortirent de la cabane. Amélie prit naturellement le bras du policier en s'excusant par avance. Celui-ci laissa faire. Il aimait cette désinvolture. Elle allait si bien avec le personnage. Il lui souhaitait tout simplement d'être sincère. Il lui avait fallu quelques secondes à peine pour revenir pleinement dans le jeu. Il n'en était pas dupe.

Amélie l'entraîna jusqu'au bout de l'embarcadère aux planches disjointes. Landowski monta alors sur le chaland ayant appartenu à Louis Cascadec. Le pont de métal strié était humide mais presque propre comme s'il avait été soigneusement brossé et rincé. Difficile de dire si c'était par la mer et le vent. Ou une intervention humaine visant à effacer d'éventuelles traces.

— Vous dites qu'il remontait la rivière ? demanda-t-il en bon enquêteur obstiné.

Elle s'appuya contre la partie émergée d'un pilier de soutènement, juste assez pour que le pull dévoile une bande de peau ambrée.

— Il remontait, c'est exact ! dit-elle avec une réelle conviction. Lentement, mais il remontait. Je l'ai observé un bon moment, le temps d'une cigarette en fait.

— Vous avez vu combien ils étaient à bord ?

— Deux ou trois hommes, peut-être, je n'ai pas pu bien voir. La nuit, ce n'est pas facile et je ne savais que j'allais devoir m'en souvenir.

— Quelqu'un d'autre l'a vu ce bateau ? Je veux parler de l'équipe du film.

— Greg l'assistant, probablement. Il était dehors avant moi et il est resté un peu après mon départ. Les autres ne sont pas sortis du château.

Elle changea de pose.

— Venez un soir, je vous montrerai l'endroit où je l'ai aperçu. Vous vous ferez une idée plus précise. Et puis, nous avons toujours une belle scène à tourner en soirée à cause des éclairages. Vous serez un spectateur privilégié.

Elle enfonça ses mains dans les poches de son jean serré et se déhancha ostensiblement.

— Au fait, c'est quoi votre prénom, Commissaire ?

La réponse fermée cingla :

— On m'appelle Landowski.

Comme elle constatait que le policier restait de marbre, l'actrice perdit son air enjoué. Elle avait tout essayé sans grand succès.

Un peu dépitée, elle conclut :

— Maintenant, il faut que je vous abandonne, j'ai du travail.

L'index posé sur ses lèvres fermées, le commissaire la regarda s'en aller puis il refit le chemin inverse pour quitter les lieux.

Alors que le commissaire reprenait tranquillement le chemin, Théo sortit de sa cachette.

XIII

Landowski retrouva sans difficulté la petite maison que Mario Caral lui avait dégottée pour son séjour. À entendre le lieutenant, elle avait appartenu à un vieux loup de mer qui s'était amouraché sur le tard d'une dessinatrice de mode et qui ne l'avait plus quittée.

Mario avait précisé que la rumeur persistante disait que la dulcinée avait abusé de ses charmes au point d'épuiser le marin en retraite dans le but inavouable de profiter seule de sa solde sans attendre le bon vouloir du destin.

Le commissaire en doutait un peu, l'épuisement joyeux ne faisant pas partie de sa culture. Après tout, le solitaire au long cours avait pu profiter pleinement des plaisirs de la chair dans les bras d'une jolie femme jusqu'à ses derniers instants. Quoi de mieux pour un homme encore vert ?

En tout cas, il louait le goût de cette inconnue pour le bel intérieur. Elle avait meublé la maison avec la sensibilité d'une artiste jouant sur un camaïeu de bleus incroyablement déclinés comme pour inviter le ciel et l'océan à entrer dans la maison. Au dehors, un enchevêtrement de massifs d'hortensias accentuait ce choix résolu de la couleur et Landowski avait peine à croire que l'exigence de cette femme se serait cachée sous des airs de madone pour conduite benoîtement le mari jusqu'au caveau de ses ancêtres. Il ne pouvait pourtant pas la dédouaner si simplement, connaissant d'expérience les ressources incroyables des criminels.

Il se sentait bien dans cette maison de pierre dotée d'une vue imprenable sur la baie de Morlaix. Cet intermède volontaire entre ses obligations mondaines et une partie de pêche au bar à Quiberon ne pouvait pas être autre chose qu'un épisode intéressant. Il le sentait comme le chien de chasse, l'ouverture proche. Par atavisme génétique, probablement !

Il s'assit dans le canapé. Il tapota un coussin qu'il plaça soigneusement dans son dos. Il approcha la table basse sur laquelle il avait déposé un grand verre d'eau pétillante. Quand il regarda le liquide animé de myriades de bulles, il ne put s'empêcher de sourire. Il avait conscience de bousculer le cliché du flic sirotant un whisky bien tassé, la cigarette dans l'autre main, l'esprit rongé par les affres de l'enquête et fatigué au-delà du raisonnable.

Il n'avait rien d'un ascète, sec comme les vents de nord mais il avait besoin de garder les idées claires pour y mettre de l'ordre. D'où ce verre d'eau d'une banalité affligeante.

Il n'oubliait pas qu'il n'était que de raccroc sur cette affaire somme toute assez simple apparemment. Il n'avait pas le moindre mandat pour agir. De plus, il empiétait sur une zone gendarmerie, ce qui n'était pas bien vu.

Qu'avait-il en magasin ? Trois cadavres et pas de mobile, un disparu et peu d'indices. Et des ombres chinoises à passer dans le champ : une soubrette peu farouche, une actrice métisse du même tonneau et un flic inconnu accroché à ses basques. Avec le risque pour chacun de faire preuve d'une honnêteté bien limitée.

On aurait dit un inventaire à la Prévert mais Landowski préférait y voir une liste d'ingrédients pour une recette dont il ne connaissait pas encore le temps de cuisson.

Il avait sa petite idée sur l'hécatombe au bord du bassin. La starlette avait tout d'une amante de bazar ne voyant pas plus loin que le bout de ses seins. Il y avait là le trio infernal bien connu des romans à l'eau de rose : le mari, la femme et l'amant. Ici la guimauve avait tourné au clafoutis mal cuit. Trois quilles au tapis !

Les plaies particulières faites par une arme inconnue dans le dos de Louis Cascadec l'intriguaient beaucoup mais, plus encore, il se demandait qui avait bien pu utiliser ce mode d'exécution radicale. De là à penser que le baron en pinçait pour la fausse blonde, il n'y avait qu'un pas.

Qu'il avait du mal à franchir cependant. Il voyait davantage le baron se la jouer myosotis avec une soubrette à la peau tendre à demeure que de se commettre dans une cabane puante avec une trieuse de coquillages maquillée en gravure de mode. Surtout qu'il fallait préméditer le geste et remporter avec soi l'instrument de mort pour jouer la grande scène du dernier acte.

Le baron pouvait tout aussi bien ne rien avoir affaire avec le triple meurtre. S'il ne voulait pas batifoler avec sa femme de chambre, le samedi précédent, c'est qu'il avait d'autres projets. Peut-être plus essentiels. Greg, l'assistant, rôdait sur la grève. Amélie, l'actrice, aussi. Avait-elle réellement fini de jouer la comédie ? Qui avait tenu le bras du baron ? Pour aller où ? Rencontrer qui ? Puis il y avait enfin cette barge appartenant à Cascadec sortie en pleine nuit et propre comme un sou neuf…

Il lui manquait bien des éléments pour relier tous ces faits entre eux. Par expérience, il savait qu'il devrait faire la sauce et monter les blancs en neige pour le dessert. En attendant, il avait besoin de connaître davantage les acteurs en présence.

Il avait besoin d'éléments et il ne pouvait pas les demander sans risque aux fonctionnaires sur place. Il préférait tricoter seul son canevas. Comme il l'avait toujours fait.

Il passa donc un coup de fil à un ami, lieutenant de police à Marseille. La communication s'établit rapidement. Fini le téléphone de campagne !

— Allô, Jim ? demanda-t-il banalement.

— Inspecteur Sablon, pour te servir, Commissaire !

— Tu retardes ! On dit lieutenant aujourd'hui.

— C'est un clin d'œil, tu imagines. J'aimais bien quand j'étais inspecteur. Tu l'as été aussi, Lando. Rappelle-toi !

— Parce que tu crois que je peux oublier tout ça ?

— Grigny, tu veux dire ?*

— Oui.

Ils laissèrent un instant de silence pour le souvenir. Landowski avait bien failli y laisser sa peau cette fois-là.

Sans Jim Sablon, il aurait été rayé des cadres. D'une seule balle en pleine tête. Il en faisait parfois des cauchemars douloureux. Comme si le cylindre d'acier lui percutait les neurones.

Il relança :

— Tu sais pourquoi je t'appelle…

— Je m'en doute un peu, figure-toi !

— Notre conversation est sécurisée ?

— No problem. Tu peux causer dans le bigo !

— J'ai pris une nouvelle affaire au vol.

— On m'a dit ça !

— Les infos vont vite.

— Flic de choc oblige !

— Donc tu connais un peu l'histoire. J'ai besoin de tes services comme tu t'en doutes déjà.

— Annonce la couleur, mon pote !

— Je voudrais que tu te rencardes un peu. D'abord sur un hobereau installé dans le coin.

*Lire *Fugue mortelle en RÉ*, même auteur, même collection.

— Austerlitz ou Pantin ?

— Qu'est-ce que tu me chantes, beau merle ?

— Je demandais de quel genre de noblesse ton monsieur De !

— On s'en fout !

— Kervirac, c'est ça son nom ? C'est dans le mémo.

— Exact ! Il a disparu mystérieusement entre chien et loup. Vois aussi pour le couple pendant que tu es dessus.

— C'est quoi son terrain de chasse à ton noblaillon pour voir un peu à quoi il marche ?

— La jeune fille à déniaiser le samedi soir et les recherches historiques le reste de la semaine.

— Bien chef ! Ensuite ?

— L'autre, c'est Juan Azul. Mais je sais que ce n'est pas son vrai nom. J'ai vu son portrait dans un dossier pour une affaire avec une mineure.

— Du viol ?

— En réunion avec tabassage. Il s'en est bien sorti. Faute de preuves.

— Joli coco !

— Comme tu dis ! Aujourd'hui, c'est un réalisateur qui tourne des films un peu chauds. Creuse un peu de ce côté-là.

— Du hard ?

— Il le laisse croire pour mieux vendre sa camelote. J'ai surtout vu des donzelles se geler les miches sous des costumes de nymphettes de bazar.

— C'est tout ?

— Il y a aussi un certain Franz Renner, né en Autriche en 1976.

— Où ça en Autriche ?

— Braunau-am-Inn.*

— Oh merde !

— Comme tu dis !

— Il fait quoi ton gazier ?

— Il est mort de chez mort. Un coup de surin.

— C'était quoi son truc à lui ?

— Marilyn Monroe !

— Tu ouvres un Musée Grévin ou quoi ?

— J'ai les personnages, je n'ai pas l'histoire !

— Je monte à Paris demain pour le comité médical de mercredi. Je siège toute la journée de jeudi mais, vendredi, j'aurai tout mon temps pour m'occuper de ton affaire. J'activerai nos meilleurs potes et je rendrai visite au Boiteux.**

— Tu les salueras tous de ma part, hein ! N'oublie pas comme l'autre fois. Je ne veux pas passer pour un malpoli aux yeux des collègues du Quai.***

— L'autre fois, y avait pas que des potes dans la place. Alors, j'ai préféré ne rien dire du tout ! Les faux amis auraient été trop contents. Les vrais, ils ont compris quand même ! T'inquiète !

— Merci, Jim !

---

*Commune de naissance d'Adolphe Hitler.

**Lire les précédentes enquêtes du commissaire Landowski.

***Quai des Orfèvres.

Le policier en poste à Marseille toussota comme s'il hésitait. Puis il essaya une question :

— On dirait que tu crains quelque chose, Lando. J'me trompe…

Le commissaire respira plus fort.

— Je fais gaffe, c'est tout !

— T'as raison !

Il avait juste coupé la communication quand il aperçut Mario Caral qui poussait le portillon du jardin. Curieuse coïncidence. Il l'accueillit sur le pas de la porte en faisant bonne figure pour ne pas éveiller le moindre soupçon.

— Alors Lieutenant, quelles nouvelles ?

— Vous ne pouvez pas si bien dire, Commissaire. Je vous emmène immédiatement. La jeune Sophie a été assassinée !

XIV

La cour du château était encombrée de véhicules de gendarmerie. S'adressant à son adjoint temporaire, Landowski feignit de s'en étonner :

— Ils sont déjà là, ceux-là ?

— C'est leur secteur, Commissaire, dit le lieutenant Caral en s'excusant presque pour eux. On ne peut quand même pas leur reprocher d'enquêter. Ce n'est pas votre avis ?

Flairant l'embrouille possible, le flic ne répondit rien. Il se contenta de hausser les épaules plusieurs fois.

Le gendarme qu'ils avaient rencontré sur les lieux des autres crimes vint vers eux.

— Vous pouvez venir, Commissaire. Il faut passer côté rivière. La jeune fille est par là.

Landowski supposa que la hiérarchie du gendarme lui avait donné mission d'être l'agent de liaison entre les deux corps d'état. Histoire de garder un œil bien ouvert sur les faits et gestes de l'imprévisible divisionnaire.

Ils firent le tour du bâtiment principal en file indienne puis ils descendirent vers la Penzé qui coulait en contrebas. Des branches de châtaignier les cinglèrent au passage. Landowski posa le pied sur un amas de feuilles rendues glissantes par la dernière ondée. Il évita de justesse la chute honteuse devant la maréchaussée locale.

En bas, des gendarmes s'affairaient autour de la scène du crime. Ils saluèrent machinalement le commissaire et reprirent leurs investigations. Landowski crut comprendre qu'il n'était pas forcément le bienvenu. Il ne leur en voulut pas.

La jeune Sophie était allongée sur le ventre, la jupe bleu marine qu'elle portait en service relevée haut dans le dos, les jambes très écartées, le slip égaré au bas d'une seule jambe. Aucune trace de boue ou d'humidité dans le dos.

De son crâne, coulait un filet de sang chargé de matière cervicale qui serpentait sur son cou et maculait le col de son chemisier blanc. Une petite flaque poisseuse se créait sur les feuilles mortes au ras de la joue posée sur l'humus.

On avait frappé fort manifestement. Avec l'envie de tuer ou la puissance du désespoir. Mais il n'était pas question de la laisser vivre. Le tableau en attestait plus qu'un monceau d'aveux. Comme s'il en était besoin, la blancheur de la peau de la victime ajoutait au pathétique du tableau. On avait sali la candeur.

Landowski regarda les chaussures puis les mains. Il ne remarqua pas la moindre trace pouvant indiquer une quelconque lutte ou reptation sur le sol. Il aurait voulu vérifier l'état des genoux de la jeune fille. Il était prêt à parier qu'ils étaient propres.

— Sûr qu'elle a été violée, Commissaire, affirma Caral, péremptoire. Ensuite, il fallait bien la tuer. Logique !

— Disons qu'on a voulu qu'on croie que ça s'est passé ainsi !

— Parce que ce n'est pas votre lecture des faits ?

— Je me méfie des évidences. Toujours. Tout le temps.

Douché comme par une averse, Caral resta silencieux un moment.

— Qui a découvert le corps ? demanda plus tard Landowski tout en restant absorbé par le spectacle peu engageant.

— C'est la belle plante des tropiques ! répondit Caral.

— Amélie ?

— Elle est partout celle-là !

— À quel moment l'a-t-elle trouvée ? poursuivit Landowski.

— Il y a une heure à peine. Elle a téléphoné aux gendarmes qui ont fait le lien avec le commissariat. Je suis venu en vitesse vous chercher.

Il regarda fixement le commissaire.

— Elle était bien jolie la petite, laissa-t-il tomber.

Landowski ne répondit rien. Il observait la position du corps et celle du gendarme debout à côté. Celui-ci compensait avec sa jambe droite, ce qui voulait dire que le sol était en pente, ce qui n'apparaissait pas vraiment à cause de l'humus épais.

Landowski en conclut immédiatement qu'il y avait quelque chose de fabriqué dans l'image qu'on leur donnait à voir. L'habitude du coup d'œil sans doute. Quelque chose clochait dans le tableau. Ou le corps avait été déplacé ou la piste du viol sur place ne tenait plus.

Il avança de quelques mètres sans vouloir s'immiscer plus que nécessaire. Il savait trop bien l'importance du périmètre autour du cadavre pour se risquer à effacer la moindre trace en piétinant les lieux.* Il observa encore le corps de la jeune fille et il remarqua, à l'intérieur des cuisses, des entailles obliques pratiquées avec une lame certainement très tranchante. Les plaies qu'on aurait pu prendre pour des coupures dues aux branches avaient peu saigné. Ce qui indiquait qu'elles avaient été faites *post mortem*.

L'investigation des gendarmes n'en était pas là. Les spécialistes n'étaient pas arrivés sur les lieux. Landowski n'avait aucune envie de les attendre.

— Qu'est-ce que vous en dites ? demanda Caral.

— Je pars à la pêche !

*Lire *Sables mouvants à Bénodet*, même auteur, même collection.

XV

Il ne faisait pas très chaud. La nuit était tombée mais pas comme un drap noir sur un catafalque. La lune distillant une faible clarté donnait au château un aspect fantomatique. Tout était en place pour la séquence frisson.

Landowski trébucha sur le gravier de la cour. Comme de bien entendu. Il pensait à ce que Jim venait de lui apprendre.

— Faites attention, Commissaire, vous pourriez vous casser quelque chose.

La baronne sortit de l'ombre pour se placer dans le rond jaune de la lumière du perron. On jouait un épisode de Blair Witch à s'y méprendre.

— Il est bien tard pour mener des interrogatoires, Commissaire.

— N'ayez crainte, je ne suis pas du genre à remplir des baignoires dans des sous-sols sombres et enfumés.

— Votre référence à la rue Lauriston* me paraît un peu déplacée, si vous permettez. La pauvre Sophie a

*Adresse de sinistre mémoire de la Gestapo française.

dû souffrir avant d'être lâchement tuée. Son assassin avait peur qu'elle dise ce qu'il venait de lui faire endurer.

— Il y a des tortures qui restent de toute façon inacceptables, Madame !

Ils se jaugèrent un instant dans cette clarté indécise, propice à toute compromission.

— Parce que vous ne croyez pas à un viol, Commissaire ?

— Je ne crois à rien, même pas à moi parfois !

— Vous n'avez toujours pas retrouvé mon mari ?

Landowski s'irrita un peu artificiellement.

— Je vous rappelle que je ne suis pas chargé de l'enquête. Il faut demander aux gendarmes où ils en sont. Enfin, s'ils savaient quelque chose…

— Il doit être blessé, peut-être mort à l'heure qu'il est…

— Ne perdez pas espoir. Vous n'avez toujours pas d'idée sur ce qui aurait pu motiver son départ ?

— Son enlèvement, vous voulez dire !

— Rien ne l'indique formellement. Il a pu s'en aller de son plein gré.

— Mais pour aller où ? Avec qui ?

— Nous le saurons. Il y a toujours un témoin quelque part.

La baronne sembla réfléchir.

— En ce qui concerne les trois personnes décédées, il n'y avait guère que François d'intéressant sur les trois. Il n'était là que depuis peu de temps, venu on se sait d'où, mais il ne manquait jamais de me dire bonjour avec un sourire charmeur. Les deux autres n'étaient pas très fréquentables. Lui était querelleur et fou. Elle, c'était une mangeuse d'hommes dans un corps de midinette à la petite semaine. Je ne les regrette pas, voyez-vous.

— Et que pensez-vous de la jeune Sophie ?

Landowski remarqua qu'elle serrait les dents.

— Je ne veux pas vous retenir davantage, dit la baronne d'une voix cassée. Allez rejoindre cette bande de dégénérés puisque tel est votre projet pour ce soir, il me semble. Leur compagnie vous ira certainement mieux que celle d'une vieille femme comme moi. Bonne nuit Commissaire !

Rapidement, comme un enchantement qui s'anime, elle se fondit dans la nuit.

Peu après, un carré de lumière plus jaune se découpa plus loin sur la façade du château puis le règne du sombre profond se réinstalla. Landowski se gratta le menton. Décidément, la baronne de Kervirac commençait à l'intriguer.

Il entra discrètement dans le bâtiment principal du château. Il savait qu'on devait faire attention avant d'entrer sur un plateau de tournage. Il n'avait pas envie d'essuyer encore une fois les foudres du réalisateur.

— Mais non, Joël… criait une voix, le projo, je veux qu'il tape là sur le milieu du lit, pas sur les oreillers ! Les personnages doivent rester dans l'ombre. Je prends le mouvement de la couverture puis la jambe d'Amélie qui apparaît. Elle se découvre complètement. À ce moment-là et pas avant, tu remontes avec moi vers le haut du lit et tu éclabousses le couple de lumière. Ce n'est pas sorcier, bordel ! Et toi Amélie, je veux voir ta jambe sortir comme une épée de l'eau, puissante mais sereine. Excalibur au plumard !

— C'est à moi d'être l'épée, susurra le partenaire, se sentant un peu oublié.

— Tu tiens là un beau rôle de composition ! ironisa l'actrice.

En voyant Landowski entrer, elle le désigna du doigt et s'exclama :

— Voilà un partenaire qui m'irait comme un gant !

— Vous étiez en train de nous espionner ? interrogea le metteur en scène, soudain mal à l'aise.

Landowski se pencha vers lui.

— Pourquoi pas ! Votre cas est intéressant. J'ai lu quelque chose sur vous, il y a quelques mois.

— Vous faites erreur, Monsieur le commissaire, affirma le réalisateur soudain très pâle.

— Je ne crois pas. Tout simplement parce que je sais lire !

Le réalisateur entraîna le commissaire à l'écart.

— J'ai eu des problèmes… Mais il n'y avait pas l'ombre d'une preuve !

— La jeune fille ne s'en est jamais remise. Vous le savez, ça ?

Celui qui se faisait appeler Juan Azul se défendit :

— Je n'y étais pour rien, je vous le dis !

— Je ne vais pas vous perdre de vue. Mais ce soir, c'est la star qui m'intéresse. Quand elle sera disponible, bien sûr !

Landowski s'écarta du champ. Amélie lui fit un petit signe de la main et reprit la pose lascive exigée par le scénario. Elle attendit encore que tout se mette en place.

Le commissaire prit un réel plaisir à regarder le tournage. La jambe d'Amélie s'extrayant lentement des plis du drap pour entrer dans la lumière caressante avait un caractère érotique évident. C'était d'ailleurs l'effet escompté par le réalisateur. Et ça fonctionnait à merveille. Le reste lui plut moyennement. Il était certain d'assister au tournage d'un pur navet lorgnant sur des fantasmes bien connus pour faire tinter le tiroir-caisse.

Après la fin de la dernière prise, Amélie vint rejoindre le visiteur. Sans complexe. Elle était légèrement vêtue. Une habitude, décidément.

— Vous avez aimé, Commissaire ?

Landowski fit un effort pour paraître captivé par la profondeur de la mise en scène.

— Beaucoup, vous vous en doutez !

— Merci de me reconnaître un certain talent. Je vous montre l'endroit d'où j'ai aperçu le bateau ? Attendez-moi un instant, je reviens.

— Je préfère vous retrouver dehors.

— Alors, à tout de suite !

La rivière était sombre, plus noire que le soir de la

disparition du baron. Un rayon de lune accrocha la silhouette d'Amélie qui approchait. Comme s'il y avait un projecteur mobile.

— Vous devez être du genre à aimer la nuit vous ! dit-elle, enjouée.

— Vous savez, c'est souvent le domaine du crime…

— De l'amour aussi, non ? Venez, c'est un peu plus loin.

Ils firent quelques pas dans la pénombre.

— C'est ici exactement, dit-elle. J'étais appuyée contre cet arbre quand le bateau est passé lentement dans mon champ de vision.

— Il venait d'où ?

— Mais comment voulez-vous que je le sache ? déclara Amélie avec une certaine lassitude dans la voix. Demandez à l'assistant, il était là avant moi. Il l'a peut-être mieux vu. Il semblait s'approcher de la berge où nous sommes. Je dis "semblait". Je ne l'ai pas attendu. Il fallait que je retourne sur le plateau. Quand il a atteint ce bouquet d'arbres là, il a disparu à mes yeux. Et je suis rentrée.

— Vous êtes revenue ici plus tard ?

— Non, je suis allée me coucher, figurez-vous !

— Vous n'avez vraiment rien entendu ?

— Nos chambres ne donnent pas du tout de ce côté. L'aile est réservée aux proprios.

Landowski changea brutalement de sujet.

— Vous avez découvert la jeune Sophie dans les bois. Elle était déjà morte ?

— Oui, enfin, je crois. Je n'ai pas vérifié. J'ai eu peur plutôt. Elle était si gentille.

— Vous vous promeniez ?

— J'aime la nature ! C'est mon droit, non ?

— Je ne vous ai rien reproché. Vous étiez seule ?

— J'étais seule et je n'ai vu personne. Je connais les flics ! Il suffit de peu de chose pour faire un coupable. J'imagine qu'il me faudrait un alibi. ?

— Je ne suis pas chargé de l'enquête. Nous rentrons ?

Il crut déceler une sorte de déception dans l'hésitation de sa partenaire.

Il s'en amusa discrètement en la quittant à la porte du château.

XVI

En arrivant à quelques mètres de l'entrée de sa demeure temporaire, Landowski hésita. La poignée du portillon était abaissée comme si un visiteur avait repoussé la porte sans l'enclencher à fond.

À bien y regarder, il y avait un léger rougeoiement dans le salon. Quelqu'un y était assis et fumait tranquillement. Il n'y avait aucun doute. Un squatteur se vautrait dans son canapé.

Il entra brutalement l'arme à la main et cria :

— Police !

Il alluma la lumière qui inonda brutalement le salon et l'inconnu qui n'en était pas un. Assis confortablement sur le canapé, Ange souriait, un fin cigare à la main.

— Tu vois, Lando ! Je ne suis pas le seul à être parano ! Pour un peu, tu me butais en deux coups les gros !

Landowski rangea son arme.

— Tu joues avec le feu, Ange ! J'ai beau être habitué à tes conneries, j'ai failli te sécher sur place !

— Hum… Des fois, je me dis que ce serait peut-être mieux…

Landowski secoua la tête et vint s'asseoir.

Ange trônait devant un verre de whisky bien tassé.

— Et en plus, tu te tapes mes provisions !

— On est toujours bien chez toi. Tu as toujours de l'irlandais de derrière les fagots…

— Tu n'es pas venu que pour ça ?

— Non, j'ai quelques trucs à te dire. D'abord sur l'ambiance. Il paraît qu'on te voit très bien sur ce coup. Surtout pour te couler. En interne.

— Parce que ?

— Ton abnégation par pur sentiment a froissé ces messieurs-dames. Je te dis tout de suite que l'ex-mari de Lorraine Bouchet est un peu derrière tout ça. On trouve que c'était à la police de faire ses choux gras de ton carton plein sur l'île de Ré. Les deux malfrats retrouvés, un mort, l'autre reficelé… Un magot en dollars à faire pleurer les caissières de la Banque de France et quelques branques au tapis pour assainir l'atmosphère. Tout que du positif que môssieu dédaigne pour une histoire de cul ! Pour un peu, on aurait retrouvé de l'ADN de divisionnaire en pagaille sur le parquet ciré de l'appartement de la vieille dame. Je vois d'ici le rapport !

Le divisionnaire grimaça.

— Pas de danger, dit-il avec regret, la jolie magistrate a choisi les ors de la République au lieu de retrousser sa jupe pour s'offrir aux assauts du commissaire Landowski ! Je n'y peux rien, c'est comme ça !

— Alors pourquoi lui faire ce beau cadeau ? Elle ne t'avait rien donné !

— Je ne sais pas bien…

— Moi je sais ! Par panache, c'est sûr. Je te vois bien faire ça pour le geste, le beau, le gratuit. Sauf que maintenant, ça jase dans ton dos !

— Je devais faire quoi à ton avis ?

— Avertir les autorités, tiens ! Imagine que tu as laissé le pognon dans l'appart pendant deux jours, sans la moindre surveillance !

— Il y était depuis dix piges. Quelle importance ?

— Le vingt heures de TF1, mon pote ! Tu as frustré certains. Ils se retranchent derrière tout ça pour te le faire payer. À ta place, on a vu la miss Bouchet, la mine hilare, brandir le sac BdF* sous l'œil des caméras ! En direct !

— Elle était superbe, non ?

— C'est pas la question !

— Et si on l'avait faite en duo, notre annonce télé ?

— Pas mieux ! Tu ne serais plus flic de choc et elle aurait reçu sa feuille de route pour Tamanrasset ! Ce que tu devais faire, c'était annoncer la victoire tout seul, comme un grand flic que tu es, bordel ! Et redonner foi en la police !

— Je sais tout ça, Ange, dit Landowski d'une voix lasse.

— Tu n'imagines pas le souk mahous que vous avez foutu tous les deux dans vos administrations respectives.

*Banque de France.

— Lorraine a des ennuis ?

— Pas encore. Elle a droit à l'état de grâce mais pas pour longtemps. N'oublie pas qu'en plus, elle a couvert l'enlèvement d'un gamin !

— Il faudra le prouver !

— Et qu'est-ce que tu dirais si tu recevais une convoc, hein ?

— Ils n'oseront pas !

— Parce que ce fut un joli coup dans l'ensemble et qu'ils n'ont pas envie de voir tout ça étalé dans les médias ? Détrompe-toi. Il y a des principes qu'on ne bafoue pas impunément !

— Et la *blanche* dans tout ça ?*

— Depuis les changements décidés par Sarko en 2006, la gendarmerie est à cran. Elle a perdu des zones historiques.

— Le ministre a lâché du lest sur d'autres zones. De quoi équilibrer.

— Je ne sais pas si on peut dire ça. Les changements, ça gêne toujours. Et ça donne du grain à moudre à quelques esprits malfaisants.

— Tu as des noms.

— Raymond Lonserand !

— Le mec de l'OCRB ?**

---

*Surnom de la gendarmerie départementale à cause de la couleur de ses insignes.

**Office Central de la Répression du Banditisme.

— Ancien ! Il est bœuf-carottes maintenant.

— Il m'en veut toujours pour cette affaire de la rue Bosquet en 1975 ?

Ange ouvrit les bras.

— Normal ! Tu lui as volé la vedette ce jour-là. Il n'a pas digéré de se faire doubler par l'antigang.

— Mes gars n'ont pas cherché à marquer des points. Il y en a un qui a pris du plomb. Pour un peu, il y restait.

— Sauf que tu as allumé le caïd, tout seul comme un grand.

— Je pouvais faire autrement ?

— Il paraît que Lonserand jubile de voir un grand flic de ton acabit empêtré dans une banale affaire de province. Si tu joues au con, il ne va pas te rater. L'idée serait de t'aider à te planter grave, te pousser à la faute.

— Façon Ganador ?

— Exact !

— Sauf si je gagne !

— Ils vont te pourrir la vie comme tu peux pas imaginer ! Avec doigté !

— Il faut du monde sur le terrain pour ça !

— Ils ont !

— Tu évoques mon adjoint, là, en ce moment ?

— Mario Caral est un flic par défaut. Il a fait des études de droit. Brillant, hein ! Rien à dire. Puis il s'est pris le pied dans le tapis. Il s'est contenté de rentrer chez nous par la petite porte et il a déjà sévi à plusieurs reprises. C'est pour ça qu'il s'est retrouvé aux études et statistiques.

— C'est un sous-marin ?

— Non, c'est un faible ! De la pire espèce, y a à craindre ! On te l'a collé sans calcul. Mais c'est lui qui peut forcer l'addition !

— Il connaît Lonserand ?

— Pas pu savoir encore. Je te dirai.

Landowski se servit un verre. Ange but une gorgée lentement pendant ce temps.

— Tu en es où dans ton enquête ? demanda-t-il après un claquement de langue.

— Nulle part vu que je suis en arrêt maladie.

— Déconne pas !

— Non vrai. J'ai mal à l'épaule. Il va falloir que je voie un médecin. Vite !

— Je vais te filer une adresse. Tu iras mieux après.

— Au fait, la jeune soubrette du château est morte.

— Elle aussi ? Partout où tu passes…

— On dirait un viol avec violences.

— On dirait mais toi, tu n'y crois pas ?

— Je crains la mise en scène. Le fil est un peu fin pour attraper du gros poisson comme moi. En plus, elle faisait quelques joyeusetés au baron, le samedi soir. C'est curieux qu'on la raye des effectifs tout à coup !

— Attention Commissaire ! Tu n'es plus facile à convaincre.

— Tu ne vas pas me parler d'évidences, toi aussi !

— Calme, Lando, calme ! Je dis ça uniquement pour ton bien. Et tu remarqueras que je ne demande pas comment elle était la femme de chambre.

— Mignonne et jeune, si tu ne veux pas savoir.

— Dommage !

— Tu n'es pas comme ce cher Jim qui préfère résolument les odalisques de banlieue. Des femmes comme celles que Marcel Gonzalez* aimait croquer.

— Connais pas.

— Un artiste peintre comme il n'y en a plus.

Landowski reprit son verre à la main comme pour en tiédir le contenu.

— Jim, je l'ai eu au téléphone finalement !

— Tu diversifies tes sources, comme toujours !

— Je te garde au chaud pour l'interne. Jim est résolument tourné vers le partenariat comme on dit maintenant !

— Et le camarade Sablon, il t'a appris quoi ?

— Entre autres que le réalisateur du film était passé à deux doigts des Assiettes.

— Il a fait le méchant, l'artiste ?

— Proxénétisme aggravé.

— Des mineures ?

— Des paumées inconscientes de la dignité de leur propre corps. En plus, il en a tabassé une. Elle a gardé des séquelles. Graves.

---

*Marcel Gonzalez, 1928-2001, artiste peintre de Pont-Aven bien connu pour ses œuvres baroques.

— Et on l'a pas coincé ?

— Il est passé au travers. La fille a refusé de témoigner contre lui. Elle l'a même dédouané.

— Syndrome de Stockholm !

— Eh oui, une fois de plus !

— C'est dégueulasse ! Donc, assez naturellement je suppose, tu as pensé qu'il avait pu remettre le couvert avec la soubrette.

— Je viens de te dire que je ne croyais pas au viol dans cette affaire.

— Tu n'es pas facile à convaincre !

— C'est ce qui fait ma force dans ce métier. Je n'enfonce pas les portes ouvertes !

— Mais qu'est-ce que tu cherches à la fin ?

— C'est basique ! Je veux savoir pourquoi on a enlevé le baron de Kervirac !

XVII

Landowski n'avait pas beaucoup envie de parler. La nuit avait été peuplée de souvenirs douloureux se révélant un à un au gré des élancements produits par sa tendinite.

Il avait rêvé de femmes ricanantes paradant, belles et nues, devant des cadavres ensanglantés dont il reconnaissait un à un les visages. À chaque fois qu'il s'était retourné dans son lit, il avait réveillé la douleur sourde, lancinante, tapie dans l'ombre et attendant le mouvement pour se rappeler à lui comme un souvenir, comme un remords.

Ange lui avait arrangé un rendez-vous rapide avec un médecin spécialiste installé depuis peu à Carantec. L'homme avait connu les bagnes d'Indochine de sinistre mémoire, Poulo Condor et Poulo Bidong, avant de s'évader vers l'ouest sur un cargo bondé, puant, risquant de sombrer à la moindre vague. Une partie de sa famille avait disparu lors de ce voyage au bout de l'enfer. Le lot de beaucoup de boat people.

Ange l'avait rencontré, un peu par hasard, si le hasard existe pour un fonctionnaire des Renseignements Généraux. Il avait cru que le praticien pouvait faire quelque chose pour Nine. La comprendre, l'aider voire la sauver. Au moins la retenir. Mais peut-on encore guérir quand les blessures profondes ont fouillé l'âme jusqu'au point de non-retour ? Il avait seulement voulu y croire. Il lui devait bien ça.

Il avait sympathisé avec le docteur Kho, probablement partagé avec lui quelques blessures intimes irréparables, espéré trouver des conseils et un réconfort avant de constater que sa misère morale était bien loin d'être unique. Et que la solution devait plutôt se cacher en lui-même. Quelque part.

Quand Landowski avait insisté sur ses douleurs récurrentes, Ange n'avait pas hésité une seconde à l'adresser à ce grand rhumatologue poursuivi par les Khmers rouges, torturé par les nouveaux maîtres du Vietnam et finalement réfugié en Bretagne pour aider les autres à souffrir un peu moins, puisque sa douleur personnelle ne serait jamais guérie.

Mario Caral le sortit de sa torpeur morbide.

— Vous n'êtes pas bavard aujourd'hui, Commissaire !

Comme toujours, Landowski se ressaisit.

— Je ne parlerai qu'en présence de mon avocat !

— Alors la forme revient ! constata le lieutenant Caral.

Landowski se tourna en grimaçant vers son chauffeur.

— J'ai passé une nuit de chiottes et tu me parles de forme ?

— La nuit c'est la nuit. Chacun la sienne et le noir pour tout le monde. Il est l'heure de se mettre au boulot, c'est tout !

Landowski soupira.

— Tu as raison. Je dois balayer mes petites misères pour m'occuper des grands problèmes de ce monde. On m'attend sur ce coup-là. Qu'est-ce que tu m'annonces aujourd'hui ?

— Des infos sur les autopsies, ça vous intéresse ?

— C'est ça ton menu ? Je n'ai rien d'un charognard. Ces dissections méthodiques m'ont toujours donné des crampes d'estomac mais j'admets que c'est un acte nécessaire pour chercher la vérité. Alors vas-y ! Crache ton sang séché sur fond de médecine légale !

Les envolées lyriques du commissaire ne semblèrent pas émouvoir le flic de base.

— Premièrement : Sandra Cascadec a eu des rapports sexuels avant de mourir. Elle a remis sa petite culotte juste après. À l'envers !

Landowski fit mine de bondir.

— Attends là ! C'est une grande nouvelle ça !

— Vous vous moquez, Commissaire !

Landowski se fendit d'un large sourire. Rare.

— Exact ! Pas besoin de lui découper le ventre en lanières à cette jolie femme pour savoir qu'elle a fait l'amour avant de passer l'arme à gauche. Quand j'ai regardé son visage de morte mouillé de pluie, j'ai cru lire qu'elle avait pensé à ce plaisir ultime pendant qu'on lui ôtait le souffle. Et j'espère sincèrement que ça s'est passé ainsi. Autant partir sur quelque chose de beau quand il fait vilain tout autour !

— Vous avez de drôles de constatations pour un flic, Commissaire. Excusez-moi, vous auriez dû être psychologue, voire psychiatre…

— Il aurait fallu être intelligent… Faire des études…

— Et vous avez aussi un commentaire à faire sur l'amant ? demanda Caral, presque par défi.

Landowski coupa court.

— Écoute mon gars, on dirait les questions d'un jeu télévisé bête et con à endormir la ménagère de moins de cinquante ans. Sandra Cascadec savait bien que son mari était sorti pour un bon moment. Elle avait envie de se taper le nouvel employé de la boîte. Un blond, façon trentaine nordique, plutôt musclé et sans attaches connues. Un homme libre, quoi. Pour un peu, il l'aurait embarquée pour des aventures ailleurs, loin des huîtres, de l'eau froide et de son gros marlou de mari. Pour quelques mois au moins…

— Elle se serait tirée avec lui, vous croyez ?

— Pourquoi pas ? C'est humain de vouloir autre chose, d'avoir envie de partir, de changer de vie, de jouer l'aventure au point même d'en oublier ce qu'on peut être soi-même. Tout un chacun a le droit de se payer une dernière tranche avant de rejoindre le boulevard des allongés pour jouer au gisant pour les siècles à venir.

— Ils allaient ensemble à votre avis ?

— Elle était encore mignonne, Sandra, un peu défraîchie, un peu simple mais certainement très gentille et disponible. Une femme qui rêvait d'une vie rangée avec un mari, des enfants et un quotidien sans histoire. Probablement qu'elle n'avait rien connu de tout ça. Imagine que, tout à coup, il y a le germain qui se pointe au chantier. Un mec qui ne vient de nulle part. Que personne ne connaît. Le sauveur, le prince charmant. Avec des mains robustes mais soignées, un corps sans débordements graisseux voire désobligeants et un regard gaz butane qui vous met le feu où je pense. Comment veux-tu qu'elle hésite un seul instant puisque c'est exactement ça qu'elle attend depuis des lustres !

— Vous êtes dur pour le légiste ! Il y a passé du temps alors que vous…

— Pas de lézard dans ma démarche, Lieutenant. Je formule simplement des hypothèses. Le médicastre de service dissèque, pèse, soupèse, établit, pose pour donner des preuves. Moi, j'échafaude, je construis, parfois sur un socle fragile. Mais j'ai le droit de faire ça. Même le devoir ! On me demande de chercher, profond, loin. De donner, de fournir ! Je n'ai pas à prouver. C'est la justice qui fait ça. On ne joue pas dans la même cour. Et ça fonctionne bien comme ça !

Landowski fixa son regard sur la route mouillée.

— On arrive bientôt ? demanda-t-il calmement.

— Je ne connais pas bien la route, s'excusa Caral. Pas idée non plus de se cacher dans la campagne !

— Il n'attend plus rien du monde, le docteur Kho.

— On dirait qu'il n'est pas le seul ! ironisa le lieutenant.

— Les gendarmes, ils t'ont appris quoi d'autre ? demanda Landowski en haussant le ton.

— Le sang retrouvé dans la maison des Cascadec appartient à Renner, pour une partie. Le sang prélevé dans la cuisine en particulier est celui de quelqu'un d'autre, non identifié à ce jour. Il n'y avait pas de traces d'ADN supplémentaires sur place.

— Et sur la façon dont cela a pu se passer, il dit quoi le puits de science ?

— Le légiste donne une heure de décès identique pour les trois. Pour Sandra un étranglement qui a provoqué des pertes d'urine, un coup de couteau mortel sectionnant artères et veines pour Renner et un déchirement général des organes pour Cascadec.

— Pour la miss, il n'y avait plus rien à faire. On aurait pu les sauver, les deux hommes ?

— Le légiste pense que leur mort est survenue dans les quelques minutes qui ont suivi la pénétration de l'arme dans leur corps. Dans les deux cas, les dégâts occasionnés étaient irréversibles et l'hémorragie interne a emballé le tout. Décompensation puis grand voyage !

— Et qu'est-ce qu'il dit sur l'arme inconnue qui a tué Louis Cascadec, ton taxidermiste ?

— Il ne l'identifie pas sauf que les espacements sont réguliers entre les orifices pratiqués dans le dos du mari et qu'il a isolé des fibres animales dans quelques-unes des plaies.

— C'est quoi ?

— Des filaments de chair de poisson.

— C'est tout ?

— Les gendarmes ont trouvé une forte somme d'argent en coupures de cent euros, neufs. Même série que ceux retrouvés chez Renner.

— Où ça ?

— Dans un sac en plastique scotché sous le meuble télé.

— Qu'est-ce qu'ils ont fait de Renner ?

— Le corps est reparti vers l'Autriche, ce matin. Avec les scellés d'usage. Sa famille a réclamé le corps et payé les frais.

— Il était en France depuis longtemps ?

— Il y a vécu toute son enfance avec son frère. Il y revenait souvent.

— Pour travailler dans les huîtres ?

— Personne ne connaît son parcours pour l'instant.

— Est-ce que tu sais ce qu'il faisait chez les Cascadec au point de vue boulot ? Est-ce qu'il avait des fonctions particulières dans l'entreprise ?

— Je n'ai pas entendu dire ça. C'était un employé comme les autres.

— Comme les autres ? Un inconnu d'origine autrichienne plein de fric et porté sur les blondes qui passe son temps à trier des huîtres. Je ne vois pas bien ce que tu peux trouver de normal là-dedans !

— Disons qu'il ne se faisait pas remarquer.
— Il était à Carantec depuis combien de temps ?
— Quelques mois.
Caral tourna la tête à droite. Furtivement.
— Vous pensez à un truc ? demanda-t-il.
— Quel truc ?
— Qu'il se planquait !
— Peut-être…
— En attendant, il ne s'ennuyait pas !
— Qu'est-ce que tu veux dire ?
— Vous avez emporté une revue porno l'autre jour.
Caral regarda intensément son supérieur puis il ajouta :
— Vous voyez Renner en coupable possible pour Sophie, c'est ça ?
Landowski ne répondit pas.
— Et pour la petite justement ? demanda-t-il, tu as quelque chose ?
— Il y avait aussi des traces de poisson dans les entailles qu'elle présentait aux cuisses.
— Curieux ça ! Et encore ?
— Manifestement, elle n'a pas opposé de résistance à son agresseur. Elle est morte de coups violents à la tête. Inconsciente dès le premier qu'elle a reçu de face selon le légiste et tuée par ceux qui ont suivi comme pour l'achever. Donnés par l'arrière ceux-là.
— Et question viol ?
— Elle avait eu des rapports sexuels, normalement. Comme beaucoup de jeunes filles… Sans violences

repérées, semble-t-il. Mais pas de rapport au moment de sa mort. Ni avant, ni après. Elle n'a pas été violée avant d'être tuée, le légiste est formel. Vous aviez donc raison.

— L'assassin a pu être gêné. Réfléchir aussi à son geste.

Caral ouvrit de grands yeux.

— Comment pouvez-vous penser ça, Commissaire ! Il n'y avait personne pour le surprendre dans les bois. Il l'avait entraînée là-bas dans ce but. Il pouvait prendre son temps. Elle ne semblait pas lui opposer de véritable résistance. On ne l'a pas entendue crier. En plus, le corps était dans une position prédisposant à l'acte. La culotte était enlevée…

— Je crois que le cadavre a été volontairement placé dans cette position équivoque.

— Pour que les enquêteurs cherchent du côté du viol ?

— Même pas. Parce que l'assassin a hésité devant le passage à l'acte.

— Hésité ?

XVIII

Théo avait bu. Il se passa un peu d'eau sur le visage puis il s'essuya les mains sur ses cheveux en les lissant façon matador. Il marcha d'un pas lourd jusqu'à la fenêtre. Il s'immobilisa à quelques centimètres de la vitre, un rictus aux lèvres. Au loin, l'île Callot baignait dans le gris ouaté d'un temps indécis. Quelques véhicules attendaient de passer par la chaussée submersible que l'océan dégageait lentement.

— Ils ont encore travaillé cette nuit, dit-il tout haut.

Il leva les bras au ciel puis il posa ses mains bien à plat sur le verre comme s'il allait faire basculer le vitrage au dehors.

— J'ai vu les lumières derrière les arbres, dit-il en posant le front sur le carreau. Oui, je les encore vues.

Il revint s'asseoir devant la table basse. Il ouvrit une sorte de dossier à la couverture fatiguée qui était masqué par le journal du jour et il en sortit un plan compliqué annoté de chiffres. Il fit mine de s'y intéresser un instant, puis il reposa le feuillet sur la pile.

— Sophie venait me voir ici, dit-il sur le ton de la confidence. On sait qu'elle me rendait visite. Tout le monde le sait. On l'a vue souvent sur le chemin, suivie parfois peut-être. En espérant des choses qu'elle ne leur aurait pas données. On a pu regarder par les carreaux quand on ne faisait pas attention. Ni elle, ni moi. Et nous épier sans vergogne. On l'a vue ici en ma compagnie dans cette pièce ou dans l'autre. Nous étions ensemble. Proches. Je ne pourrai rien dire d'autre que cette vérité-là.

Il se leva d'un bon comme un diable hors de sa boîte. Il cria :

— Elle est morte. Morte !

Il fit quelques enjambées nerveuses comme pour essayer de se défaire d'une emprise trop lourde et il s'assit à nouveau. Il se prit la tête dans les mains, se frotta le front du bout des doigts puis il posa les mains en croix sur le dossier ouvert.

— Sophie, elle était belle et jeune. Ma fille aussi était comme ça. Un corps laiteux comme celui d'une future reine et des attaches légères. Moi je l'aurais aimée comme un fou ! On ne m'en a pas laissé le temps !

Il regarda ses mains, les fit se serrer et s'ouvrir à nouveau, répétant le geste plusieurs fois.

— Il y a ce maudit couteau qui lui a fait ces marques indélébiles. Il ne fallait pas. On dira que je l'ai tuée. Que je l'ai tuée…

D'un geste brutal, il bouscula les documents qui s'éparpillèrent sur le sol.

— C'est ce que j'aurais dû faire le premier jour, dit-il en soufflant fort. Foutre tout ça en l'air. Rien ne serait arrivé. Rien !

Il pensa au baron disparu par une nuit trop calme.

— Embarqué par ses chimères, celui-là ! cria-t-il à qui voulait l'entendre. Pauvre fou !

Il se leva pour piétiner les feuillets jonchant le sol.

— Pour être où aujourd'hui ? Hein ? Kervirac, où es-tu, baron ? Sur la voix lactée à chevaucher des fées ou en enfer, léché par les flammes des diablesses ? Vivant peut-être. Je te le souhaite mais j'en doute. Il ne faut jamais réveiller à ce point les âmes tourmentées. Et c'est ce que nous avons fait…

Il tournoya sur lui-même. S'adressant virtuellement au baron, il l'accusa :

— Et c'est toi, oui toi, qui m'as branché sur cette aventure insensée. Sur cette folie incroyable. Et je me suis pris au jeu. Pauvre inconscient ! Qui donc paiera les pots cassés si tu n'es plus là ? Qui, hein ?

Il revint vers le canapé vert olive sans s'y asseoir, bouscula encore quelques feuilles éparses. Puis il se retourna vers la fenêtre.

— Il ne restera que moi ! Moi, tout seul !

Il déchira sa chemise comme s'il se prenait tout à coup pour un gladiateur sacrifié.

— Et je vois déjà les flammes du bûcher monter vers le ciel. On refusera du monde au spectacle.

Il dressa le poing vers le ciel.

— Mais je m'en fous de mourir. L'idée était trop belle !

XIX

— C'est là, vous êtes sûr ? demanda Caral avant d'engager la voiture dans l'allée.

Il se pencha vers le pare-brise pour observer les lieux. Il ne distinguait pas grand-chose à cause de la végétation envahissante. On aurait dit un parc exotique délaissé par un jardinier fatigué, dépassé par la vigueur des plantes. Une sorte de rapport de forces touchant à la genèse du monde.

— Ce n'est pas un endroit commun pour un cabinet médical !

— Regarde la plaque sur le pilier à droite. C'est donc ici. Je fais comme on m'a dit.

Caral se rengorgea :

— Vous devenez obéissant, Commissaire ? C'est nouveau !

Landowski ne laissa pas passer.

— Un peu de respect, lieutenant Caral !

L'autre fit immédiatement amende honorable.

— Je vous présente mes excuses. J'ai débordé.

Le commissaire relança le bouchon.

— Disons que tu n'as pas foncièrement tort de te poser la question connaissant mon esprit indépendant mais ce ne sont pas des choses à dire à un supérieur en grade. J'en ai renvoyé à la circulation pour moins que ça ! De ceux-là même qui avaient de puissants protecteurs !

Il l'avait sciemment précisé, cherchant une réaction révélatrice. Elle ne vint pas. Le lieutenant Caral faisait preuve de self control. Ou d'incompréhension. Difficile à savoir.

— On vous connaît pour être parfois indiscipliné ! dit-il. J'ai mal choisi mes mots. Je m'étonnais, simplement.

— Je vais le prendre comme ça. On n'en parle plus !

— Donc c'est ici que vous avez pris rendez-vous ?

— Exact ! Et il ne s'agit pas d'une rencontre secrète avec une femme mariée dont l'époux est universellement connu. Il ne s'agit pas non plus d'une réunion secrète pour décider de faire sauter la planète. J'ai seulement besoin de voir un rhumatologue. Le docteur Kho consulte ici.

— Il n'est même pas dans l'annuaire, votre médecin !

— On me l'a recommandé. S'il souhaite rester discret, il doit avoir ses raisons. Cette affaire ne regarde que lui !

Landowski fit un signe de la main pour interrompre la manœuvre.

— Maintenant, tu vas me laisser là !

— Il doit bien y avoir un parking dans la propriété. Je peux avancer encore…

— Mais tu ne le feras pas, dit fermement le commissaire. Tu vas m'attendre en dehors !

— Au bord de la route ?

— C'est ça. Tu vas compter les bleues puis les rouges.

Caral s'étonna.

— Bleu, rouge, c'est quoi ?

— La couleur des voitures qui passent. Pour tuer le temps.

Landowski sortit de la voiture en souriant. Il avait un peu chambré son chauffeur et il en était bien content. Caral allait phosphorer sur cette rencontre peu banale au fond des bois et en référer à ses supérieurs dans les plus brefs délais. De quoi le faire passer rapidement pour un idiot.

Le commissaire franchit le porche et suivit l'allée pendant une centaine de mètres avant d'apercevoir la maison. Elle ne payait pas de mine. On aurait dit une construction provisoire jamais transformée en vraie et belle demeure. On y reconnaissait tout de suite l'inspiration asiatique qui avait prévalu à son aménagement. Il y avait eu un certain choix de couleurs subtilement mariées entre elles mais passées aujourd'hui.

Landowski délaissa la zone d'accueil assez pimpante avec son parking fleuri et son gravier fin, ratissé régulièrement. Comme à son habitude, il voulait en voir davantage pour sentir, s'imprégner et comprendre.

Il ne venait cependant que pour un acte médical qui

n'avait rien à voir avec son enquête officieuse. Justement, c'était cette notion qui le taquinait sans cesse. Il avait tout à identifier en dehors des sentiers battus et ce médecin indochinois l'intriguait d'avance, comme toutes les personnes qu'il avait à rencontrer.

L'environnement lui-même rappelait celui si particulier des cabanes situées au bord des rizières. Sur l'arrière de la maison, il y avait une succession de constructions faites de planches disjointes et de pieux renforcés par des lanières végétales, un élevage de volailles difficilement masqué par une haie moribonde rehaussée de pansements de paille et un incroyable bric-à-brac créé au fil des ans par des objets devenus inutiles. On aurait pu s'attendre à voir en plus des cochons noirs somnoler à plusieurs contre une barrière composée de gros bambous striés.

Il chercha la sonnette et constata qu'il n'y en avait pas. C'est en ouvrant la porte qu'il comprit que le signal d'une présence était lancé par ces tubes de bambou pendus au plafond et frappés par le haut de la porte. Une série harmonieuse de sons s'égrenait ainsi et annonçait discrètement le visiteur.

Il n'y avait personne dans la minuscule salle d'attente. Des meubles en rotin, un tapis de sol fait de corde tressée et des rideaux façon crépon en composaient le décor un peu spartiate.

Sur la table basse, trônait l'éternelle pile de revues. Landowski sourit en pensant qu'elles auraient pu être devenues objets de collection étant donné leur date de parution. Il reprochait souvent aux praticiens de ne pas se fendre de deux ou trois billets pour donner des choses récentes à lire aux patients… impatients.

Il n'en était rien. Certes, les publications avaient souffert d'être manipulées par des mains parfois peu délicates mais elles étaient encore d'actualité. Certaines présentaient en couverture des paysages d'Asie. Il était question de découvertes autant que de voyages et, fait curieux, il y avait même un petit livre illustré de calligraphie chinoise. Le praticien laissait planer sa nostalgie jusqu'à l'intérieur de sa salle d'attente.

Le docteur arriva d'un coup. L'instant d'avant, il n'était pas visible et aucun bruit n'avait signalé son arrivée. Il était habillé à l'européenne. Seul, son col de chemise rappelait la culture de ses ancêtres.

Il sourit poliment en hochant légèrement la tête puis, sans un mot, mais s'accompagnant d'un geste ample et doux, il invita son client à entrer dans son cabinet dont il avait ouvert la porte en grand.

La pièce était meublée d'une large table. À droite, il y avait un téléphone blanc. À gauche, un bloc avec un stylo à plume décapuchonné. Au centre, un sous-main noir affichant des zones d'usure par endroits. Et rien d'autre.

Les deux hommes s'assirent dans un ensemble presque parfait comme dans un rite de préséance. Le médecin sourit et invita son patient à s'exprimer tout en ne prononçant pas un seul mot. Landowski expliqua calmement que son épaule le faisait souffrir. Il tenta d'en dire un maximum pour éclairer le diagnostic indispensable puis il laissa la parole à l'homme de science. Le médecin posa des questions simples et il consigna toutes les réponses sur un petit carré de papier extrait du bloc.

Ensuite, il regarda sa minuscule feuille de papier comme s'il voulait soupeser chaque mot qu'il y avait inscrit puis il se leva en souriant :

— Vous allez venir avec moi par ici. On doit dire Commissaire ?

— Ici je ne suis qu'un patient, Docteur !

— Recommandé !

— Il faut bien que les amis servent parfois.

Le spécialiste sourit encore.

— Sinon, seraient-ils encore des amis ? dit-il avec une pointe d'espièglerie dans la voix.

— Avec cette histoire de parcours de soins coordonné, je m'y perds un peu, dit Landowski. Je n'ai donc pas de lettre à vous remettre pour expliquer mon cas. Je n'ai consulté personne d'autre.

— Je comprends. Surtout si vous êtes toujours en déplacement.

— La loi a peut-être prévu ça pour les vacances. Mais quand le mouvement est quasi permanent…

— Vous avez peut-être quelques compensations…

— Financières… vous voulez dire, Docteur ?

— Financières et autres.

— Il vaut mieux bien se porter. La santé vaut toutes sortes de compensations.

Le sourire du rhumatologue disparut.

— La vie, Commissaire, la vie. Enlevez donc votre chemise.

Landowski s'exécuta.

— Vous avez une belle collection de cicatrices ! dit le médecin en pointant du doigt des traces très visibles.

— De mauvais souvenirs !

— Vous auriez pu ne pas être là aujourd'hui, c'est ce que vous voulez dire ?

— Ici ou ailleurs…

— Vous avez raison. Levez le bras.

Il dut le faire plusieurs fois, devant, de côté, chercher à se toucher la nuque, résister à la pression de la main du médecin. Exercices habituels pour établir le diagnostic.

— Et la nuit, vous souffrez je suppose ?

— Une mauvaise position et…

Le docteur Kho secoua la tête.

— Ce n'est rien d'autre que la même douleur qui remonte vers votre cerveau. Elle est diurne et nocturne de la même façon, avec la même intensité. Le mouvement n'a pas grand-chose à voir là-dedans. C'est la capacité de votre cerveau à l'annihiler qui est alors en cause. Mais je ne vais pas vous ennuyer avec ma vision systémique des pathologies. Est-ce que vous savez ce qui a pu provoquer cela ?

— Aucune idée si ce n'est que c'est de plus en plus douloureux.

Tuan Kho se leva.

— Nous allons passer dans la pièce voisine. Je vais faire deux radios pour examiner l'articulation de plus près.

Landowski obéit encore une fois et suivit son hôte dans une pièce parcimonieusement éclairée. La mise en garde concernant l'exposition aux radiations ionisantes était placardée à plusieurs endroits comme un leitmotiv. Il remarqua la peinture écaillée du siège circulaire. Il s'y assit, colla son épaule contre la partie quadrillée de l'appareil, ne respira plus sur demande et recommença l'opération une seconde fois.

Revenu dans le bureau du médecin, il attendit sagement torse nu que les clichés soient développés. Il entendit des voix, comme un conversation, puis le silence revint. Il s'étonna de voir des piles de revues médicales et scientifiques appuyées contre la baie vitrée au point de faire friser le rideau.

Il examina le sol et le trouva très propre pour un lieu, en principe, très fréquenté. En se retournant, il vit une photo enfermée dans un cadre fatigué posé sur deux exemplaires de l'incontournable Vidal. Le cliché en noir et blanc représentait une famille nombreuse où les enfants souriaient. En arrière-plan, il y avait une sorte de pagode un peu floue.

Le médecin revint et il alla placer les deux clichés sur un panneau de lecture murale situé derrière la table d'examen. Il alluma la lumière et l'articulation de l'épaule de Landowski apparut. Le docteur Kho expliqua ce que l'on voyait et posa le doigt sur un début de calcification sur le tendon, siège de la douleur. En effet, le frottement répété du tendon sur l'os avait entraîné l'inflammation. Landowski, en remontant l'épaule pour avoir moins mal, n'avait fait que qu'aggraver le problème.

Le docteur Kho préconisa une infiltration immédiate de corticoïdes.

— On entend dire du mal des infiltrations, Docteur… s'inquiéta Landowski. Fait mal, sert à rien, détruit les os…

Le praticien se voulut rassurant.

— Aujourd'hui, il n'y a plus de problèmes avec cette thérapeutique. La cortisone est apportée directement au centre de l'inflammation. Cette précision la rend efficace. Mais je ne vous oblige pas.

— Vous allez me piquer maintenant ?

— C'est ça, oui. Je vais vous piquer !

— Je voulais dire…

— J'ai bien compris, Commissaire. Il faut savoir si vous voulez être soulagé ou non.

— J'ai mal.

— Alors, je vous la fais cette infiltration ?

— C'est quoi votre produit ?

— Altim : Cortivazol 3,75 milligrammes en injectable pour une seringue pré-remplie de 1,5 millilitre. Est-ce que ça vous dit quelque chose ?

— Rien du tout mais ça rassure !

— Dans deux ou trois jours, vous irez mieux.

— Surtout que j'ai l'intention d'aller à la pêche.

— Faites attention quand même. La tendinite réclame beaucoup de repos. Ensuite, vous pourrez en profiter !

Il s'assombrit tout à coup.

— Profitez du lieu. Avec le nouveau pont, ce ne sera plus pareil dans quelques années.

— De quel pont parlez-vous, Docteur ?

— J'ai entendu dire qu'il y avait un projet de pont entre l'île Callot et Carantec.

— Je n'y étais pas ! Moi, j'évoquais la pêche au bar et à Quiberon !

— Ce n'est pas tout à fait la même chose ! Avant qu'on en construise un entre Belle-Île et le continent ! Non, je parlais d'ici. De ce petit coin de paradis. Un pont à la place du tombolo changerait tout.

Landowski croisa les bras.

— C'est complètement idiot cette histoire de pont, Docteur. Un canular ?

— C'est du très sérieux au contraire. C'est une cliente de l'île qui m'en a parlé l'autre jour. Elle n'est pas contente, vous imaginez. Sa famille vit sur l'île depuis les Croisades ! Pas question de perdre son identité, sa raison d'être.

— C'est la commune qui a décidé ça ?

— Pas du tout. Elle n'a rien à voir là-dedans. C'est un excentrique richissime qui voudrait faire un hôtel grand luxe sur l'île Callot. Il a diligenté des études techniques sur place. L'entreprise travaille même la nuit. On dit qu'il va contacter les propriétaires un à un pour acheter les terrains. Il cherchera ensuite à développer le tourisme comme à Noirmoutier ou l'île de Ré.

— Je connais assez bien la seconde…

— Callot c'est tout petit, vous savez !

— Vous n'êtes pas pour ce projet ?

— Bien sûr que non ! Il ne faut pas laisser faire ça. Mais qui me demandera mon avis ?

Le docteur Kho prépara la seringue puis jeta l'emballage sur un tas impressionnant de petites boîtes de même nature stocké sur la paillasse de l'évier puis il pratiqua l'infiltration très délicatement. Très professionnellement en fait. Le policier ne sentit qu'un picotement léger et la progression visqueuse du produit dans les tissus. Ensuite, le docteur Kho resta silencieux pendant que Landowski se rhabillait lentement. Il prit quelques notes sur la petite feuille de papier puis il rédigea sa feuille de soins. Il ne reprit la parole que pour réclamer le paiement de ses honoraires. Avec force sourires.

— Vous me devez quatre-vingt-six euros dix-sept, commissaire Landowski.

Le policier trouva la facture un peu salée surtout qu'il savait fort bien qu'il n'engagerait pas la moindre tentative de remboursement, les démarches administratives l'ennuyant prodigieusement.

— Vous connaissiez la jeune Sophie ? demanda abruptement Landowski.

Il l'avait fait sciemment, en utilisant uniquement le prénom de la jeune morte.

— Vous voulez parler de la petite bonne engagée au château de Kervirac, c'est cela ?

— C'est elle, docteur Kho.

Le rhumatologue replaça le capuchon argenté sur l'extrémité de son stylo.

— C'est vrai que je la connaissais. Enfin, connaître est un bien grand mot. Elle est venue ici, comme vous, pour des infiltrations. Je lui ai fait trois injections en tout.

— Elle souffrait de quoi, cette belle jeune fille ?

— Belle, vous avez raison.

— Elle souffrait de…

— Pardonnez-moi, Commissaire ! Tendinite aussi. Provoquée par le mouvement répété du fer à repasser sur la planche. Ce sont toujours des mouvements répétitifs qui provoquent ce genre de problème. Sophie avait du travail. Le baron affectionnait les belles chemises blanches.

— Affectionnait ?

— Il a disparu, il me semble.

— Vous avez parlé aux employeurs de Sophie de ses problèmes tendineux ?

— La noblesse d'ici ne fait pas partie de ma clientèle.

— Elle, vous l'avez revue ?

— Pas récemment. Après quelques séances, tout rentre dans l'ordre. C'est ce que j'espère.

— Que tout rentre dans l'ordre ?

— Oui, Commissaire, et que la vie continue. Comme elle peut.

Tuan Kho ne raccompagna pas Landowski. Le policier retrouva son chemin. Il croisa un couple de personnes âgées qui venait probablement consulter pour l'un ou pour l'autre.

Une fois sur le parking, il se retourna vers la maison du rhumatologue. Il eut juste le temps de saisir le mouvement du rideau de la fenêtre du cabinet médical qui retombait.

Il retrouva Caral avachi dans la voiture de police. Le lieutenant avait omis d'ouvrir les fenêtres.

— On dirait que tu caches un chevreuil mort dans ta charrette ! dit Landowski en grimaçant. Tu aurais pu ouvrir les écoutilles avant que j'arrive…

— Excusez Commissaire ! J'avais un peu froid. Vous savez quand on ne bouge pas…

Fébrilement, il baissa la vitre.

— Parce que tu n'as même pas eu idée de te dégourdir les jambes ?

— Si, une minute ou deux, pas plus.

Landowski sourit. Il aurait parié sur la curiosité de son adjoint, les yeux fermés.

— Vous, ça va mieux ? demanda Caral.

— Tu parles. Ça fait un mal de chien son truc ! Pas sur le coup mais maintenant que je suis sorti du cabinet. C'est pire qu'en entrant ! Ramène-moi au bercail ! Je vais me faire un thé !

— Un thé ?

C'était bien ce qu'il allait faire mais il répondit :

— Je déconne !

— Les obsèques de Sophie, c'est pour demain après-midi, indiqua le lieutenant.

— Je t'y retrouverai.

— Je ne viens pas vous prendre ?

— Non, puisque je te le dis ! Je sais retrouver un cimetière, surtout un jour d'enterrement. Je n'ai pas envie d'arriver dans ton char, surtout si tu as encore oublié d'aérer !

— Et si votre tendinite vous fait souffrir pendant la cérémonie ?

Le commissaire leva son bras valide.

— Ce sera en silence. Par respect pour la défunte !

— Il y aura du monde, vous pensez ?

— Je n'en sais rien. Sauf que Tuan Kho sera là !

XX

Landowski descendit la rue Albert-Louppe en flânant comme un touriste. Le marché hebdomadaire battait son plein. Les senteurs du terroir envahissaient l'atmosphère sans se télescoper. Chacune avait sa zone d'influence qu'elle cédait à sa voisine dès que le promeneur l'avait dépassée.

Il y avait le coin des légumes et des fruits avec cette profusion incroyable de produits locaux : oignons, ail, échalotes entre autres. Plus loin, c'était le stand paella puis celui de la cuisine chinoise avant d'embouquer dans le goulot d'étranglement réservé aux produits de la mer situé en amont de la coopérative maritime.

Landowski admira soles et turbots sur les étalages avant de s'extraire du flot pour rejoindre une zone plus calme où deux femmes vendaient des livres d'occasion. Il s'attarda devant les caisses, toucha les ouvrages comme pour y trouver des sensations nouvelles. Il remarqua que son geste n'avait pas échappé à une jolie maman qui, en face, choisissait un livre pour la gamine qu'elle tenait par la main.

Il lui sourit gentiment et il remarqua que le rose montait aux joues de la jeune femme. Il y a parfois de ces représentations qu'on se fait de la passion, de l'amour pour un geste oublié par hasard sur un objet. Une réminiscence, un souvenir, un espoir aussi et une bonne dose d'adrénaline qui s'impose, parfois submerge, parfois contraint, souvent accompagne, décide enfin et crée l'instant que personne n'attendait.

Il n'en fut rien. Le passage à l'acte requiert plus qu'un désir. Il sollicite d'ouvrir une porte dans le temps. On ne trouve pas toujours la clé. Surtout si on n'a pas envie.

Puis il se passa quelque chose à mille lieues de la passion. Une jeune marginale traînait un chien qui ne voulait pas suivre le rythme. Elle le haranguait sous les regards furtifs et désapprobateurs de la foule. Elle alla jusqu'à lui donner un coup de pied dans les côtes pour faire avancer la pauvre bête.

Landowski s'approcha. Il avait un goût amer dans la bouche. Il n'aimait pas cette sensation. Elle était pour lui capable d'enfanter le meilleur comme le pire.

Il s'approcha davantage de la jeune marginale qui tripotait des chiffons sur un étal. Il lui toucha l'épaule. La propriétaire du chien se retourna.

— Qu'est-ce qu'i'm'veut, le vieux con ?

— Écrase un peu, tu veux. Si tu balances encore un coup de latte à ton chien, je t'en colle une. Vu !

— T'es qui toi pour donner des ordres d'abord !

Landowski écarta son blouson, juste assez pour faire apparaître la crosse quadrillée de son arme. La jeune fille au piercing changea de couleur.

— Fais bien attention, ajouta le commissaire menaçant.

Il se tapota le front de l'index droit en grimaçant.

— Ta photo, elle est gravée là. Je n'oublie jamais les gens que je n'aime pas.

La tortionnaire accusa le coup.

— C'est quoi son nom à ton martyr ?

— Il s'appelle Tiger !

— S'il te bouffe, le tigre, on le laissera faire en se marrant !

Il la regarda s'en aller avec une moue de dégoût. Il ne pouvait supporter les souffrances faites aux animaux. Cette jeune paumée n'avait pas trop renâclé. Heureusement. Pour elle…

Landowski remonta la rue lentement. Par force. Le flot ne tarissait pas. Il s'arrêta devant un étal de fruits et légumes. Il regardait tout. Un peu. Il avait envie de cuisiner quelque chose d'original pour se faire plaisir. Et cette conne qui frappait son chien l'avait mis de mauvaise humeur. Rien de tel qu'une bonne bouffe pour effacer tout ça avant de se pointer au cimetière pour ensevelir la jeune Sophie. Jeune aussi. Si différente. Il fit le choix d'acheter des cocos de Paimpol. Depuis qu'il entendait parler de ces haricots secs, il avait envie d'y goûter. En Charente, chez les *mangeux de lumas**, il avait abusé des mogettes et des nourritures roboratives.

---

*Mangeurs d'escargots.

Il discuta avec la commerçante avant de s'embarquer dans une préparation trop difficile. Il ne voulait surtout pas devenir l'attraction musicale de l'après-midi. Un enterrement n'était pas le lieu idéal pour se laisser aller.

Comme il affectionnait les produits locaux afin de se faire son petit catalogue de recettes à la Landowski, il se lança quand même. Il acheta quelques tomates, des oignons et, plus loin, une bonne bouteille de blanc. Chez le boucher, il se fit couper deux belles côtes de porc dans l'échine.

Il revint vers son logis comme un homme seul qui a fait ses courses. Une sorte de divorcé avant l'heure. Un homme en mal d'amour à la vie pleine d'expériences devenues de superbes souvenirs face à une réalité insupportable. Être ou avoir été.

Une fois devant le fourneau, il s'appliqua à suivre les indications de la vendeuse en fruits et légumes. Pour éviter les problèmes, il se devait de s'y conformer scrupuleusement.

Tout d'abord, il fit fondre quatre-vingt grammes de beurre pour y faire revenir les cocos et deux oignons. Il recouvrit le tout d'eau froide puis il laissa mijoter pendant trente minutes, le temps de cuire ses côtes de porc sur un autre feu. Il les rajouterait au dernier moment. Ensuite, il assaisonna de sel et de poivre avec une pointe de curry. Il ajouta deux belles tomates coupées en morceaux et laissa mijoter encore. Il y en avait pour trois quarts d'heure.

Il décida de mettre à profit ce temps mort culinaire pour appeler Jim. Il avait certainement des choses à lui apprendre.

Curieusement, il eut quelques difficultés à entrer en contact avec lui. Dépité, il revint vers ses casseroles, huma le fumet qui s'exhalait de la mijoteuse puis se servit un petit verre de blanc sec. Il allait le goûter quand le téléphone retentit. Il se précipita.

— Jim. C'est toi, Lando ?

— C'est moi.

— Qu'est-ce que tu me dis ?

— Ah oui, c'est vrai. Je dis Grigny.

Ils avaient mis au point une série de codes pour être certains de pouvoir parler tranquillement. Une prudence suggérée par Ange toujours à l'affût du moindre complot.

— Tu m'as trouvé quelque chose ? demanda Landowski, pressé d'en savoir davantage.

— Pour Azul, ton premier client, je n'ai pas grand-chose de plus.

— Mais encore ?

— Comme tu disais, il a eu pas mal d'ennuis avec des mineures. En arrivant à s'en tirer, souvent.

— Je savais ça.

— Sinon Azul, c'est le nom de la division bleue créée par Franco en 41 et mise à la disposition de l'Allemagne nazie. Ceux qui ont voulu ont ensuite intégré la SS en 43. Le père de Juan, c'est ce qu'il a fait.

— Rien d'autre ?

— Ben non.

— C'est quoi son vrai nom ?

— Teruel, ça ne s'invente pas !*

— Il est vraiment metteur en scène ?

— Il filme des trucs bidon avec un peu de cul pour les marchés du Moyen-Orient. Là-bas, ils sont sevrés. N'importe quoi leur plaît d'avance. Surtout s'il y a des femmes blanches, jeunes et frêles. Il leur concocte des histoires légères sans queue ni tête.

— Si on peut dire !

— Ouais, des poursuites dans les jardins et les bois qui finissent toujours de la même manière. La jeune fille à poil est rejointe par le fauve en rut qui lui fait son affaire.

— Et ça se vend ?

— Très bien ! Au sud, il y a une vraie clientèle pour ce genre de marivaudage, pourvu qu'on n'en reste pas aux préliminaires. Ton Juan Teruel est passé maître sur le créneau. Il enferme une petite équipe dans un château pour quinze jours et il te pond une nullité crasse qui va faire un max de pognon. Et il réédite l'opération un peu plus loin avec une autre équipe.

— Parce que la production a oublié de payer la première ?

— Exact !

— Et quoi sur Franz Renner ?

---

*Bataille entre les républicains et les nationalistes sous Franco.

— C'est plutôt un activiste de bas étage, comme son frère. Des trucs qui ne tiennent pas debout mais avec du fric derrière. Il fréquente des sociétés aussi secrètes que fantômes qui croient encore au retour d'Hitler !

Lando sentit son pouls s'accélérer tout à coup. Et cette horrible piqûre qu'il ressentait au bas du dos. Quoi qu'il fasse, ils les trouveraient toujours sur son chemin.

— Et son parcours ?

— Là, c'est plus flou. Je l'ai repéré en Syrie et ailleurs au Moyen-Orient. Il faisait des repérages pour une agence de voyages. Soi-disant ! Le hic, c'est qu'il s'est toujours trouvé dans ces endroits au mauvais moment. Généralement, juste un peu avant que ça pète.

— Guerre, attentats ?

— Ouais, ce genre d'actualité. Mais il ne semble pas avoir été mêlé directement à des événements. Il se situe plutôt côté transactions financières. Il recrute et il rémunère.

— Et pour son séjour en France ?

— Alors là, mystère ! Il a séjourné récemment sur les bords de Loire. Dans une champignonnière rouverte par une entreprise qui veut en exploiter le calcaire. Ils vont tailler des blocs pour rénover de monuments, d'après ce qu'on sait.

Landowski s'énerva.

— Et on le retrouve à Carantec à trier des huîtres et à butiner la Marilyn avant de passer l'arme à gauche. Il manque un chaînon dans mon affaire !

— Si ça se trouve, il s'était seulement mis au vert, ton autrichien. Ces mecs-là savent se mettre en sommeil.

— Justement ! Pour attendre quoi ?

— Le retour d'Adolphe, j'te dis !

— Et Kervirac ?

— Ton baron est un fondu d'histoire. Il a passé des années dans les bibliothèques de la capitale et d'ailleurs, avant de se retirer sur ses terres en Bretagne. Il a fait une chute de cheval assez grave qui l'a éloigné définitivement des rayonnages poussiéreux mais on sait par ses demandes de renseignements sur Internet qu'il continue à travailler sur le sujet. C'est simple ! Il est tellement connu pour sa passion pour la période médiévale que les initiés le surnomment “Le Moine Rouge” ! Il cherche sans relâche. Le nez au sol !

— Il cherche quoi ?

— Le trésor des Templiers !

XXI

Le cimetière de Carantec n'avait pas vue sur la mer comme celui de Tréboul.* Mais les morts s'en tapent du paysage comme de leur dernière chemise, ils ont certainement d'autres nuages à fouetter ! pensait Landowski.

Il avançait lentement entre les sépultures en ayant pour objectif d'approcher un groupe de gens réunis en cercle. Il évita de marcher sur le rebord des monuments même si les espaces étaient réduits. Sa mère lui avait tant parlé du respect dû aux morts qu'il avait ces gestes précautionneux dont il ne pourrait jamais se départir. Il aurait eu l'impression de refuser ses enseignements, voire de balayer sa propre culture. Et de faire cela, il n'en avait pas l'intention.

Il repéra Mario Caral, debout en retrait et stoïque sous le crachin. Il louvoya entre les marbres et les croix pour le rejoindre discrètement tandis que le prêtre disait les prières rituelles en élevant la voix dans un silence de circonstance.

---

*Lire *La Douarneniste et le Commissaire*, même auteur, même collection.

— Vous avez manqué le début, Commissaire, dit le lieutenant à voix basse quand il l'eut rejoint.

— J'ai fait une visite au château.

Landowski sentit tout de suite l'intérêt de son adjoint pour l'information.

— Vous n'avez pas pu voir grand monde là-bas. Ils sont tous ici.

— C'est exactement ce que j'espérais !

— Parce que l'assassin assiste régulièrement aux obsèques de sa victime ?

— Tu n'imagines pas le nombre de fois où ça se vérifie. À croire que c'est inscrit dans leurs gènes !

— Donc, il ou elle, eux, sont là en ce moment ?

— Pas forcé mais c'est probable. Ce qui les protège, c'est la foule. Ce qui les excite c'est la relation particulière avec la victime créée par l'acte lui-même. Et le coupable est seul au milieu d'autres gens à connaître ce lien. C'est ce qui lui donne quelque chose en plus. Qui le soutient. Ou qui le détruit. Satisfaction intense ou hommage morbide, va savoir !

— Il suffirait de bloquer les issues du cimetière et de contrôler tout le monde !

— Ton idée est indécente. Contente-toi de bien regarder. Tu remarqueras peut-être quelque chose d'anormal. Un geste, un regard, une attitude.

— Vous avez déjà réussi cet exercice ?

— Jamais ! Et personne, je crois. C'est un truc qui fait partie ce l'histoire policière, un point c'est tout.

— Et au château ?

— J'étais seul. C'est ce que je voulais.

— Comment vous avez fait avec votre tendinite ? J'ai été mis à votre disposition pour ça et vous n'en faites qu'à votre tête !

Landowski soupira comme s'il voulait se faire pardonner.

— J'ai levé le pouce, le gauche, au bord de la route. Comme au bon vieux temps de mes années collège ! À l'aller comme au retour !

— C'est mon chef qui va être content !

Landowski serra les dents et lui jeta un regard noir.

— Sauf si tu la boucles ! Pour une fois !

Le lieutenant Caral accusa le coup et reprit une attitude de circonstance. Le commissaire passa en revue les personnes présentes. Face au trou béant où le cercueil de la jeune Sophie allait être descendu dans un moment, la famille était réunie.

Le père restait digne malgré un visage défait par la fatigue et le chagrin. La maman avait plus de mal à se tenir debout. Elle chancelait parfois, soutenue par une parente vêtue de noir corbeau qui lui tenait le bras. Juste à côté, se tenait un jeune homme qui ne savait pas quoi faire de son grand corps. Son costume datait un peu et il n'avait manifestement pas suivi la croissance du corps qui le portait.

La bruine lui avait collé les cheveux sur le front et il ne faisait pas grand cas des gouttes qui s'insinuaient sous le col froissé de sa chemise. Il baissait les yeux et croisait les bras.

— Lui, c'est le frère de Sophie, expliqua Caral en se penchant. Enfin si on veut.

— Parce que ?

— C'est un enfant de la DDASS que le couple a adopté juste après la naissance de Sophie. La mère ne pouvait plus avoir d'enfant et elle venait d'accoucher de jumeaux dont un mort-né, un garçon. Elle a fait des pieds et des mains pour pouvoir adopter rapidement afin de reconstituer une sorte de gémellité. La baronne a beaucoup œuvré pour qu'on lui donne satisfaction. Elle a frappé aux bonnes portes et a résolu le problème en un temps record.

— C'est quoi son prénom ?

— Jean. Il a été trouvé le jour de la Saint-Jean.

Landowski continua son panorama. Il examina les membres de l'équipe du film au complet qui s'était placée sur la gauche. Amélie avait mis un petit voile gris sur ses cheveux comme à l'ancienne et boutonné sa robe noire jusqu'en haut. Le bas du vêtement était un peu court et s'arrêtait au-dessus du genou. Ses escarpins vernis tendaient les muscles de ses mollets. De quoi attiser quelques convoitises même en ce temps de recueillement. Landowski lui-même s'avoua que le noir lui allait bien.

Les autres, l'assistant en tête, n'avaient pas cherché à rivaliser avec la perle exotique. Ils s'étaient habillés sans recherche mais avec retenue, évitant d'afficher des vêtements fleuris façon volière.

Ils s'ennuyaient ferme. Après tout, la défunte ne

leur était pas grand-chose, une vague relation, une ombre furtive rencontrée dans un couloir, un désir insatisfait peut-être pour certains et de l'indifférence pour les autres. Rien de bien passionnant.

Ils ne s'intéressaient guère à la cérémonie, souhaitant que tout cela prenne fin rapidement. Sauf Juan Teruel qui regardait fixement le cercueil de bois clair. Sur la partie gauche, la baronne de Kervirac, bien droite devant tout le monde, tenait son rang. Elle avait passé une robe noire, longue celle-ci, et coiffé un chapeau rehaussé de crêpe noir également. Elle avait accroché une petite broche au tissu de sa robe mais elle avait banni tout collier et toute bague afin d'être digne et simple. Elle n'ignorait certainement pas les relations que la jeune Sophie entretenait avec son mari. Il avait beau se cacher, masquer ses sourires de désir en convivialité et en bonhomie. Il y a toujours des choses qu'une femme saisit quand les hommes n'y comprennent rien. Elle était entourée de son personnel endimanché et rangé selon les grades. Curieusement, elle était légèrement décalée sur la droite comme si elle voulait montrer par ce vide la place que son époux aurait occupée s'il avait été présent.

Derrière ce groupe, se massait la foule des amis et des habitants de Carantec connaissant la famille. Landowski reconnut quelques visages rencontrés çà et là, au marché ou sur la côte.

Au milieu, un peu seul et en retrait, le docteur Tuan Kho restait immobile, la main gauche posée sur l'autre à la manière d'un bonze tibétain en prière. Il gardait les yeux fermés et pourtant, si quelqu'un l'avait observé de près, il aurait compris que le médecin ne perdait pas une image de la scène qui se déroulait devant lui.

Landowski ressentait une sorte de malaise à voir tous ces gens agglutinés devant un trou béant. Pensaient-ils à celui-là même qui les ferait disparaître à jamais ? Imaginaient-ils le froid de l'ombre et de la solitude ? Et cette proximité obligatoire avec les autres gisants éternels. Peut-être aussi le passage vers un ailleurs. Ouvert ou fermé ? Quelque chose ? Quelqu'un ? Rien ? Personne ?

Il en avait des sueurs froides, de celles qui coulent le long de la colonne vertébrale et qui font des courageux des moribonds conscients. Il n'avait pas peur. Seulement du poids de la terre répandue au-dessus de…

— Et vous avez trouvé quelque chose ? demanda Caral.

Landowski revint vers le monde des vivants. Il respira mieux tout à coup.

— Où ça ?

— Au château, pardi !

— J'ai visité la chambre de Sophie.

Caral leva légèrement l'index en signe d'admonestation.

— Effraction, Commissaire, effraction ! chuchota-t-il.

— J'ai dit que je visitais !

— Et alors ?

— C'est une chambre de jeune fille, plutôt de jeune femme d'ailleurs.

— Il y a une différence ?

— Vestimentaire d'abord quand tu ouvres l'armoire et surtout les tiroirs ! C'est là que se cache le petit linge. Et il y a des choses troublantes que les femmes portent parfois. Pas les jeunes filles. Puis c'est affaire de perception, de sentiment et de souvenirs. L'expérience peut-être.

— Et quoi d'autre ?

— Elle aimait bien le baron. C'est certain. Elle gardait des petits mots de lui et des objets qu'il lui donnait probablement en cadeau. De l'argent aussi dans une enveloppe frappée de ses armoiries.

— Vous dites qu'elle l'aimait bien, pas qu'elle était amoureuse de lui. Il y a une raison à cette différence ?

Landowski sourit. Il menait Caral par le bout du nez. Amère victoire quand on ne triomphe que des faibles.

— J'ai trouvé des lettres. Un gros paquet !

— D'amour, ces lettres ?

— Ben oui, d'amour ! La lecture des factures d'électricité ne me passionne pas beaucoup, figure-toi !

— Vous avez tort ! C'est avec ça qu'on repère des planques !

— Il s'agissait de mots doux, de beaucoup de mots. De reproches, d'attente aussi. De ces trucs que l'on écrit parce qu'on aurait du mal à les dire.

— Vous les avez emportées ?

— Bien sûr que non ! Je ne suis pas officiellement chargé de l'enquête ! Dissimulation de preuves, tu vois un peu où cela peut me mener ?

— Vous êtes de la maison…

— De celle où certains souhaitent que je passe à la trappe ! Je n'ai pas l'intention de leur faire ce plaisir. Bien compris ?

Caral renifla nerveusement et reprit une attitude plus digne.

— Je peux vous demander quelque chose encore, Commissaire ? dit-il en se penchant comme un prélat obséquieux.

— Vas-y !

— Écrites par qui, ces lettres ?

— Elles ne sont signées que d'un petit cœur rouge sang !

— Un homme quand même ?

— Un homme mais pas le baron de Kervirac ! J'ai comparé les écritures !

Théo quitta son poste d'observation et, en marchant entre les tombes, s'en fut vers la sortie. Parvenu à la grille, il fit volte-face d'un bloc, comme s'il avait un pressentiment. Alors que le curé traçait un grand signe de croix sur l'assemblée, il croisa le regard du commissaire Landowski qui l'observait de loin.

XXII

Au château, l'ambiance n'était plus vraiment la même. Quand Landowski arrêta la voiture discrètement prêtée par son ami Ange, il ressentit ce changement. Quelque chose de palpable que l'on perçoit pour peu qu'on soit réceptif aux ondes, disponible aux choses et à l'écoute de tout, sans exclusion.

Quand la mort passe quelque part, elle laisse des traces qui ne s'effacent pas. Sophie avait imprimé son empreinte, son image et son souvenir. Elle avait fait partie du paysage et des moments simples qui vont du pot de confiture posé sur la table au repassage de dernière minute.

Au salon, il y avait toujours l'effervescence du tournage avec ce tournoiement des jeunes actrices jamais prêtes et toujours fébriles mais les gestes semblaient plus fabriqués et les soubrettes court vêtues pour la scène champêtre avaient les yeux au milieu de la figure. Pour une fois, les fêtes nocturnes n'en étaient pas forcément responsables.

Le réalisateur esquissa un vague salut à l'arrivée du commissaire. L'assistant ricana. Amélie se déroba. Landowski comprit qu'il ne tirerait rien de cette équipe de bras cassés aujourd'hui et il se dirigea vers le boudoir où la maîtresse des lieux l'attendait.

— Bonjour Madame la baronne, dit-il en forçant un peu le trait de la civilité. Excusez-moi de vous importuner encore une fois.

L'hôtesse ironisa :

— Vous avez pris l'habitude de visiter le château. Continuez donc ! Mais vous n'êtes pas le seul aujourd'hui, le savez-vous ?

Landowski s'étonna. Quelque chose clochait. Quelque chose qui allait accélérer l'allure, il en était certain. Et il en avait besoin.

— C'est la police ou le gendarmerie qui vous a rendu visite ? demanda-t-il en essayant de rester calme et désintéressé.

— Commissaire, je ne comprends pas grand-chose à ces différentes organisations policières mais je n'appelle pas cette intrusion une visite à proprement parler. Dans notre monde, nous avions une autre manière de recevoir ou de se présenter. Votre acolyte n'a pas fait preuve du minimum d'éducation qu'on se doit de posséder quand on est un gentleman. Surtout quand il s'agit d'un représentant de l'état.

— Expliquez-moi !

— Il a investi la cour du château avec des forces démesurées par rapport au risque potentiel. Il n'y a ici que quelques comédiens inoffensifs et une vieille femme de petite noblesse. Nul besoin de déplacer un char d'assaut tout de même !

La baronne haussa les sourcils et dodelina de la tête pour insister sur le caractère dérisoire de la démarche entreprise contre elle. Elle haussa le ton pour continuer.

— Si encore c'était pour m'annoncer qu'ils avaient retrouvé mon mari vivant. Mais non, il s'agissait d'une perquisition en bonne et due forme diligentée par la gendarmerie !

— Excusez-moi d'insister. Est-ce bien du lieutenant Caral que vous parlez ?

— Il était présent, votre subalterne. Et actif en diable. Je dirais qu'il en profite quand vous n'êtes pas là !

— Que cherchaient-ils ? Ils vous l'ont dit ?

Elle fit des grands gestes.

— Je ne sais pas ce qu'ils voulaient. Ils ont affolé tout le monde avant de traverser la cour pour aller fouiller la chambre de cette pauvre Sophie.

La baronne redressa fièrement la tête.

— Ce qu'ils ont fait devant moi puisque j'ai exigé d'être présente comme les textes le prévoient.

Landowski loua intérieurement la détermination de la baronne. La procédure ne portait que sur la présence de l'occupant ou de son représentant dûment mandaté à cet effet. Pas d'un tiers.

— Ils ont emporté quelque chose ? demanda-t-il.

— Des objets et des papiers, semble-t-il. Rien de bien important, je crois bien. À voir la tête de votre adjoint, j'ai cru comprendre qu'ils n'avaient pas découvert le pot aux roses !

Le policier continua.

— Ils vont ont questionnée ?

— Sans grand ménagement, je dois dire !

— Voulez-vous dire que vous avez été brutalisée ?

— Ils n'ont pas porté la main sur moi, si c'est ce que vous me demandez ! Mais leur attitude ! Mon Dieu…

— Ils avaient une raison à ce comportement, à votre avis ?

— Je sais ce qu'ils se disent !

— Et que pensent-ils donc ?

La baronne sourit étrangement.

— Vous jouez bien votre rôle, vous aussi ! Vous semblez me plaindre alors que c'est peut-être bien un coup de Jarnac que vous avez monté vous-même et de toutes pièces, Commissaire.

Elle s'emballa.

— Pour me faire avouer !

— Avouer quoi ?

— Que j'ai commandité l'exécution de la jeune maîtresse de mon époux !

— Est-ce la vérité ?

La baronne se laissa tomber dans un fauteuil.

— Et puis, j'en ai assez de cette affaire. Je voudrais qu'on me laisse tranquille.

— Et la bonne ?

— La petite Sophie couchait avec mon mari depuis fort longtemps. Les hommes de la noblesse ont toujours eu des écarts de cette nature. Discrètement, en ce qui concerne mon époux. Pour certains, des maîtresses. Pour d'autres, des mignons. Fort heureusement mon mari s'est contenté des premières. Et je dis bien des premières parce que des amours ancillaires, il en a cumulé tant que tant ! Une jeune bonne chassait l'autre et rien ne changeait dans notre vie quotidienne. Comme s'il ne se passait rien. Avec Sophie, c'était devenu autre chose. Enfin du côté de mon mari surtout. Elle, je ne sais pas.

— Vous dites cela sans sourciller…

La baronne s'insurgea.

— Parce que je devrais m'émouvoir à votre avis ? Je n'y pouvais rien. J'ai pris ce qu'il m'a donné quand il me l'a donné et il ne m'a rien repris. Bien sûr, vous ne pouvez pas comprendre. Moi non plus d'ailleurs, mais c'est ainsi. De là, à poursuivre cette pauvre fille dans les bois pour lui lacérer les cuisses avec un couteau à écailler, très peu pour moi !

— Quelqu'un d'autre aurait pu le faire pour vous…

— Encore moins payer un malandrin pour faire cette sale besogne ! Si c'est l'hypothèse retenue par votre adjoint, dites-lui tout de suite de chercher ailleurs. Je ne suis pas criminelle. Enfin pas encore.

— Que voulez-vous dire ?

— Que je le deviendrais sans faiblir s'il le fallait pour sauver le baron de Kervirac !

— Vous avez des principes !

— Non du sentiment ! Ce n'est pas du tout la même chose, Commissaire !

D'un geste, Landowski demanda à s'asseoir. La baronne l'autorisa volontiers.

— Madame, ma visite n'a absolument rien à voir avec cette perquisition intempestive. Je vous rappelle que je ne suis pas chargé de l'enquête. La commission rogatoire a été remise aux forces de gendarmerie qui font leur travail. Les méthodes d'investigation ne s'accompagnent pas toujours de délicatesse et c'est assez normal. S'ils sont venus chez vous, c'est qu'ils ont été mandatés pour ça. Ils cherchent l'assassin de votre employée. Ils cherchent votre mari. Activement.

— J'accepte vos explications. Je n'ai pas le choix d'ailleurs. Mais quand même !

La maîtresse de maison soupira.

— Dites-moi maintenant le pourquoi de votre visite, dit-elle d'une voix lasse.

— Votre mari faisait des recherches historiques. Sur les Templiers, en l'occurrence.

— Il adorait l'histoire médiévale, c'est vrai.

— J'ai appris aussi qu'il avait une sorte de laboratoire au sous-sol du château.

— Comment savez-vous cela ?

— Je le sais.

— Ses lubies historiques peuvent-elles avoir un rapport avec sa disparition ?

— C'est que je cherche à établir, Madame.

— Et vous êtes venu pour visiter son antre…

— Avec votre accord, bien entendu !

La baronne se leva d'un bond.

— Suivez-moi ! dit-elle d'un air de connivence. Après tout, je n'ai rien à cacher.

Elle entraîna Landowski dans une succession de couloirs et de salles, lui faisant descendre des volées de marches et en remonter d'autres tout en passant des grilles rouillées.

Le commissaire pensa qu'elle en faisait un peu trop sur le caractère mystérieux des choses mais il se plia au rythme qui lui était imposé.

Au bout du labyrinthe, elle s'arrêta devant une porte toute banale. Elle n'avait rien d'un portail du genre de ceux que l'on voit décrits dans les grimoires. Elle était plane, ripolinée de blanc et munie d'une serrure toute simple.

Ils entrèrent. La baronne appuya sur l'interrupteur et le local s'éclaira. Il n'avait rien d'un cul-de-basse-fosse ni d'une salle de torture. Les murs étaient masqués par des étagères métalliques surchargées de livres et de dossiers. Il y avait quelques portraits de chevaliers sur les parties murales laissées libres. Des symboles aussi.

Au centre de la pièce, trônait un solide bureau laqué de blanc. Une croix pattée rouge était peinte sur le bois dans le coin droit.

— La croix des Templiers, expliqua la baronne.

— Le sujet des recherches de votre mari, c'est bien de retrouver leur trésor ?

La poitrine de la maîtresse des lieux se souleva tandis qu'elle plissait les lèvres. Elle expliqua :

— Il y aura passé sa vie, mon époux. Juste avant sa disparition, il était persuadé d'être très près de toucher au but.

— Il vous l'a dit ?

— Une nuit, il est venu me voir dans ma chambre. Je dormais à poings fermés mais il m'a réveillée en me secouant énergiquement. J'ai eu peur, vous pensez. Je me demandais ce qui se passait. Un incendie peut-être. C'est la hantise de tous les propriétaires de château. Que de charpentes anciennes parties en fumée ! Il m'a laissée me redresser sur mes oreillers puis il m'a expliqué qu'il avait fait une découverte essentielle.

— C'était quoi ?

— Je suis désolée. Il ne m'a rien confié. Il m'a juste parlé de notre petit pavillon de villégiature donnant sur l'île Callot. Qu'il y resterait dormir trois nuits pour pouvoir chaque matin passer sur l'île au plus bas de la marée. Il avait des vérifications à faire dans l'église. Les dernières.

— Et quand il en est revenu, que vous a-t-il dit ?

— Il était préoccupé, inquiet et très fatigué. Il n'a pas voulu m'en dire davantage. Il lui restait un détail à régler avant de triompher. C'est tout ce que j'ai pu lui faire dire.

Son visage s'éclaira.

— Cette nuit-là, il s'est couché près de moi. J'ai très vite oublié cette histoire de trésor, si vous me comprenez !

— Vous vous souvenez du jour, enfin de cette nuit ?

— C'était celle de vendredi à samedi. Le samedi soir, il n'a pas dormi au château. Je ne l'ai plus revu depuis.

Landowski n'insista pas et il préféra remonter vers la surface. Il ne sentait pas à l'aise dans le tréfonds de cette demeure glaciale.

L'affaire se déplaçait vers la mer. Vers l'île Callot. Il lui tardait d'y aller voir.

Il précéda la baronne lors de la remontée. Il avait mémorisé le chemin. Le grand flic ne l'avait cependant pas remarqué mais Amélie les suivait discrètement.

Tel un noir félin.

XXIII

Il y avait une sorte d'animation diffuse au bas du port. On y voyait des couples avec enfants, des femmes plutôt âgées en duo ou en trio et des hommes seuls, munis de tout l'attirail des pêcheurs à pied.

Cette marée-là allait dépasser le coefficient de 100. Ce chiffre magique attirait toujours autant de monde. Certains n'étaient là que pour le plaisir de voir la mer s'ouvrir devant des dizaines de Moïse d'un jour. D'autres se moquaient bien de cet engouement puéril et espéraient se faire un plein panier de coquillages. Le chenal entre l'île Callot et le continent restait un lieu privilégié pour ramasser son content de mollusques à valves et les habitués n'auraient pas pu laisser passer ce moment délicieux sans investir le chenal de leur pratique ancestrale. Curieusement, deux clans s'étaient formés de manière somme toute assez naturelle. Tout d'abord, il y avait les conformistes qui attendaient que la mer se retirât du passage officiel, une route posée au fond de la mer et reliant île et continent. Il y avait là deux voitures et une camionnette qui se laissaient glisser au fur et à mesure du retrait de la mer. Des cyclistes formaient l'avant-garde de ce groupe.

Bien plus loin sur la gauche, une cohorte hétéroclite se déplaçait lentement en direction d'un amas de rochers qui émergeait à peine au bout d'un chemin de pierre s'enfonçant comme une langue dans la mer. Manifestement, cette deuxième voie semblait tenir la corde, vu le nombre de participants qui s'y bousculaient.

Elle s'éloignait beaucoup de l'entrée de l'île matérialisée par la route mais on avait l'impression que le gué allait se créer plus précocement de ce côté. La répartition des groupes s'était faite en fonction du moyen de déplacement ; d'un côté, les piétons et de l'autre, les véhicules.

D'ailleurs, pour officialiser l'avance de son équipe, un homme un peu hirsute et fagoté comme un as de pique s'engagea dans l'eau jusqu'à mi-cuisses comme pour montrer à tout le monde que le passage était déjà possible. Ses chiens s'étaient lancés dans la traversée et nageaient vigoureusement vers la pointe de l'île.

Landowski n'avait pas très envie de prendre un bain forcé et il attendait que le passage devienne plus praticable. Il s'approcha d'un gros bonhomme bedonnant à souhait qui tenait son panier de pêche sur son ventre. Son attitude un peu particulière avait pour effet d'accentuer la proéminence de son anatomie et lui donnait un air de gnome déformé par un méchant miroir.

— Vous pêchez quoi par ici ? demanda le commissaire un peu à la manière d'un touriste imbécile.

L'autre ne demandait pas mieux que l'on fasse appel

à son savoir et son expérience d'autochtone alors qu'il n'était peut-être qu'un ancien vacancier installé là pour sa retraite.

— Je vais me faire un plein panier de palourdes !

— Comme ça ?

L'homme rit bruyamment.

— J'ai ma cuillère fétiche. Un serpentin comme une déco sur le sable, un coup de cuillère à pot et hop, la palourde est dans ma main !

— C'est facile ?

— Pour ceux qui savent !

— Moi je ne pêche que le bar ! précisa Landowski avec un brin de prétention.

— Ici ?

— Non, dans le Morbihan ! J'y serai la semaine prochaine !

— Vous avez tort de ne pas rester à Carantec. Il y a de tout. Aussi bien qu'ailleurs.

— Sauf la température.

— Il y a juste un poil de différence ! C'est des idées de journalistes ça que de dire que le nord est plus froid ! C'est plus tonique ici. Il y a davantage d'ions négatifs qui aident à lutter contre tous les miasmes qui nous entourent !

Et il se retourna vers le gué qu'empruntait un homme assez svelte, chaussé de cuissardes portées à la manière des bottes de mousquetaires.

— Il faut que je vous laisse parce que l'homme que vous voyez là-bas, n'a pas son pareil pour transformer en désert une zone de pêche miraculeuse. Ensuite, il fait son beurre en vendant tout ça à des restaurateurs peu scrupuleux.

— Tout le monde a le droit…

Le pêcheur à pied protesta vigoureusement :

— Pour la consommation personnelle ou familiale, Monsieur. Pas pour un commerce illicite !

— Personne ne l'a encore dénoncé, cet homme-là ?

— Il fait partie du décor !

Il montra un endroit de la côte d'un doigt déformé par l'arthrose.

— C'est un marginal qui habite là-bas, vous voyez !

Landowski voyait très bien.

— L'espèce de tour ? demanda-t-il.

— Juste à côté. La maison appartient à des gens de la haute qui l'ont adopté.

— Vous voulez dire qu'il est intouchable ?

— Y en a pour les uns et pas pour les autres ! J'étais typo cégétiste, je m'y connais !

— Bonne pêche ! conclut Landowski qui venait de s'apercevoir que le passage était devenu un jeu d'enfant.

Il parvint de l'autre côté sans encombre puis il marcha d'un pas soutenu vers l'entrée, officielle en quelque sorte, de l'île. Sur la route, des véhicules attendaient encore de pourvoir passer normalement.

Landowski s'engagea sur le chemin pénétrant à l'intérieur de l'île. Les deux côtés de la route étaient envahis de plantes grasses. Il remarqua un panneau limitant la vitesse à trente kilomètres heure puis un autre indiquant un parking et un troisième prévenant les têtes de linotte de vérifier les heures des marées pour ne pas s'engager sur une route inondée.

Il dut s'écarter pour laisser passer la camionnette blanche aperçue sur la route. Il eut le temps d'en lire la raison sociale peinte en lettres rouges : « *Vente Rénovation Immobilière Ligérienne.* » De quoi faire un lien avec une champignonnière des Pays de Loire…

Il continua sa marche jusqu'à atteindre un petit transformateur électrique habillé façon maison en pierres sous ardoises avec des contreforts en granit.

En allant plus loin, il atteignit l'école flanquée d'une cabine téléphonique publique. Il passa devant un champ, une maison avec une barrière blanche, puis il s'arrêta à côté de très grands sapins. De là, il aperçut l'église de l'île plantée sur une colline. En tournant la tête de côté, il remarqua la camionnette en partie cachée par les arbres.

Il s'approcha discrètement et une maison apparut comme par enchantement. C'était une vieille bâtisse entourée d'un muret de pierres sèches qui se fondait dans le paysage. Des hortensias enchâssaient tout le rez-de-chaussée et une curieuse véranda aux fenêtres en queue d'aronde.

Il s'approcha tout en restant invisible pour les occupants de la maison. Parvenu sur l'arrière du véhicule dont les portières étaient grandes ouvertes, il fut surpris d'y découvrir un arsenal électronique peu compatible avec les travaux de maçonnerie pourtant annoncés sur la carrosserie.

Placé du côté gauche, il reconnut un appareil très récent de triangulation goniométrique qui voisinait avec un scanner géothermique. En face, près d'un moniteur à écran plasma, il y avait une centrale à vibrations électromagnétiques. Au centre, un positionneur satellite piloté par ordinateur était posé sur une console en aluminium.

Une trappe dans le toit permettait en plus d'orienter une parabole de cinquante centimètres de diamètre. Les appareils étaient reliés ensemble par un faisceau de câbles gainés de plastique de couleur. L'ensemble était sous tension, écrans allumés, bips sonores d'activité et bandes passantes.

Landowski se remit à couvert. Les utilisateurs pouvaient revenir à tout instant. Il ne voulait absolument pas qu'on décèle sa présence avant d'avoir fait le tour de la question. Par acquit de conscience, il réajusta son arme à la hanche. Il aimait bien en sentir la crosse finement quadrillée sous ses doigts. Son arme de service, celle-ci ou une autre, lui avait sauvé la mise plus d'une fois et il ne lui venait jamais à l'idée de sortir sans cette sorte de viatique.

Il comprenait mal ce que faisait un tel attirail dans un véhicule soi-disant dévolu à la rénovation immobilière. Les propriétaires de cette camionnette, ils les avaient à peine vus, avaient d'autres objectifs que le simple souci de jointoyer des pierres ou de raviver un enduit. Ils auscultaient le sous-sol avec des moyens modernes et sophistiqués. Cette histoire de pont prenait une réalité qu'il n'avait pas soupçonnée tant elle lui paraissait saugrenue. Mais quand même ! Tout ce matos pour un simple pont ?

Il resta en place un moment mais rien ne se passa et il ne pouvait se risquer d'approcher plus près de la maison. Les deux hommes qu'il avait aperçus dans l'habitacle n'avaient rien de mauviettes. Il était loin de ses bases et seul sur une île.

Avant de battre en retraite, il nota la domiciliation de la société peinte sur le fourgon. De quoi donner du travail à son pote Jim !

XXIV

Landowski se demandait à quoi rimait tout ce cirque. Les investigations allaient bon train dans le secteur. Police et gendarmerie cherchaient le baron et l'assassin de la petite Sophie. Le baron, avant sa disparition, courait après le trésor des Templiers. Une étrange équipe envoyait des ondes pour sonder le sol. Qu'allait-il trouver lui ?

À pied, il dépassa la place de l'église puis il prit la rue de la Chaise du Curé sur la droite. Il passa devant la récente résidence Beauséjour, descendit la rue sur toute sa longueur pour aboutir à un passage barré par trois imposants poteaux de pierre. Il les passa et il continua. Il jeta un œil, à sa gauche, sur un petit bateau bleu ciel porté par une remorque Atlas et il se rapprocha de la haie d'hortensias roses. Il songea un instant à une formidable partie de pêche pour oublier tout ça.

Arrivé à la Chaise du Curé*, il s'étonna de voir un couple avec un enfant installé sur les rochers pour pique-niquer. Comme si les lieux manquaient pour déjeuner tranquillement. L'endroit étant fréquenté par

*Assise creusée dans la roche dominant la baie de Carantec.

les touristes, il convenait de le laisser libre au lieu de l'encombrer de papiers gras ayant emballé le traditionnel jambon-beurre.

Pour changer d'air avant de se mettre ouvertement en colère, il observa les mouvements de bateaux autour du château du Taureau puis il emprunta le petit chemin à gauche, non sans avoir fusillé du regard le couple importun avant de s'en aller.

Plus loin, il descendit jusqu'à la plage. La route était bloquée par un gros rocher. Il traversa à pied par le sable sec, gravit quelques marches taillées dans les roches avant d'atteindre le pavillon ancien qu'il avait bien repéré.

La porte n'était pas verrouillée. Elle n'était même pas fermée. Elle était seulement poussée. Landowski posa sa main sur son arme et entra. Immédiatement, il se trouva face à face avec un homme svelte à la barbe mal rasée et aux vêtements chiffonnés.

Il se tenait au centre de la pièce, les pieds écartés comme s'il était prêt au combat.

— Vous entrez chez les gens sans être invité ! claironna l'inconnu.

— Commissaire Landowski, police judiciaire.

— Je sais très bien qui vous êtes !

Le ton était ferme, la voix bien assurée.

— Je suis bien chez le baron de Kervirac ici ? demanda calmement Landowski.

— Dans l'annexe seulement !

L'homme poussa du menton.

— Qu'est-ce que vous lui voulez au baron ?

— Parce qu'il est là ?

— Vous savez très bien qu'il a disparu !

— Madame la baronne m'a dit qu'il avait passé trois jours ici, dernièrement.

— Si elle vous l'a dit c'est que ça doit être vrai !

— Il était avec vous ?

— J'étais là.

— Vous êtes qui, vous ?

— L'occupant à titre gratuit de ces lieux !

— Sur le port, on raconte que vous êtes LE braconnier du coin.

Le commissaire avait insisté sur l'article.

— Je n'écoute pas les ragots.

— Mais vous braconnez !

— À part quelques subsides, disons que je vis de ma pêche…

— En revendant vos prises au noir.

— Comme bien d'autres !

— Vous savez que la jeune Sophie est morte ?

— Et enterrée. On s'est rencontrés au cimetière, Commissaire !

Il ironisa.

— Vous ne vous souvenez pas ?

— C'est avec un couteau comme celui que vous devez certainement utiliser pour vos activités qu'on a lacéré l'intérieur des cuisses de cette jeune fille.

— Des couteaux, il y en a plein. Qu'est-ce que j'ai à voir avec ça ?

— On dit qu'on voyait assez souvent la soubrette par ici. Surtout ces derniers temps. C'était pour vous voir ?

— Y a pas de mal à ça ! Elle venait de la part de Kervirac.

— Vous apporter quelques douceurs ?

— C'est arrivé, oui !

Landowski fit un pas en avant.

— Le soir du triple meurtre au bord de la Penzé, vous étiez dans les parages ?

— J'étais à Carantec, oui !

— Près de l'eau ?

— Vous voulez me faire dire que j'étais dans les parages de la maison Cascadec, c'est ça ?

— Vous m'avez très bien compris. Vous auriez pu être témoin de quelque chose d'important.

— Vous avez l'intention de me coller sur le paletot tous les cadavres qui traînent sur votre bureau ?

— Je ne suis pas chargé de cette enquête.

L'homme rigola bruyamment.

— Pourquoi vous êtes là, alors ?

— Parce que je cherche le baron de Kervirac.

— Pour quoi faire ?

— Pour qu'il m'indique où se trouve le trésor des Templiers !

Il y eut comme un temps mort. Le braconnier soupira en se frottant le menton.

Un déclic venait de se produire quelque part. Il avait suffi d'un mot.

— Moi c'est Théo. Venez donc vous asseoir, on va parler de ça.

Landowski s'avança et prit place sur le canapé.

— Vous voulez un rhum ? demanda Théo.

— Merci. Non.

— Votre collègue Maigret en buvait bien lui. Je vais en prendre un, moi. C'est une décoction de fruits que je fais macérer dans du rhum agricole. C'est très bon. Enfin, pour ceux qui aiment !

Théo chercha la bouteille parmi d'autres puis il pêcha un verre dans l'évier avant de se verser une rasade avec un soin touchant au rite.

Landowski s'impatienta :

— Si vous y alliez maintenant, hein !

Théo leva la main pour calmer le jeu.

— Doucement, Commissaire ! Nous avons bien des choses à nous dire. Je tiens à prendre mon temps.

— Le baron n'en a pas, lui, du temps.

— À l'heure qu'il est, ils l'ont assassiné. C'est sûr.

— Qui ils ?

— Mystère et boules de gomme !

— Parlez-moi de cette histoire de trésor !

Théo but une gorgée de rhum puis il se mit à rouler une cigarette avant de se confier.

— J'avais des problèmes. J'étais à la dérive. Complètement. Il y a deux ou trois ans de ça. J'ai rencontré Madame la baronne. Elle a eu pitié de moi et elle m'a permis de vivre ici.

— Quel genre de problèmes ?

— Du grave, Commissaire ! Ma femme et ma fille sont mortes dans un accident de voiture. C'était moi le conducteur. J'étais ivre. J'ai vu le camion mais trop tard. Elles y sont restées. Toutes les deux. Moi, on m'a sorti de l'amas de ferraille qui brûlait, voiture et camion. Dommage.

Il tira une bouffée qu'il ne rejeta pas tout de suite.

— Après les obsèques, dit-il dans un nuage de fumée bleue enfin exhalée, j'ai fui. J'ai atterri ici et je suis resté. Je me suis fait appeler Théo. Pour qu'on me foute la paix !

— Le baron savait que vous étiez là ?

— Je ne sais pas mais, un jour, Kervirac est venu ici. Je lui ai expliqué ma présence. Il n'en a pas paru très étonné. Il m'a bien regardé et il m'a reconnu tout de suite. Il m'avait vu dans le journal. L'accident avait été étalé dans la presse en long et en large. Il savait aussi qu'on me recherchait à cause du camion.

— Le chauffeur est mort lui aussi ?

— Non, heureusement. Mais les assurances n'ont pas voulu payer. Il fallait une enquête, un responsable, un procès, des dommages…

— Et le baron avait bien compris tout ça !

— C'est ce jour-là qu'il m'a demandé de travailler avec lui. En échange de son silence.

— Vous avez des compétences en histoire médiévale ?

— Pas du tout ! Je m'appelle Thomas Ozantiu, T.O. Je me suis donné le prénom de Théo pour ne pas me planter ! Avant tout ça, j'étais chercheur, informaticien, mathématicien et tout le toutim. J'étais une tronche comme on dit ! Il a fallu ce jour maudit…

— Et vous buvez encore ?

— Je ne conduis plus !

— Qu'est-ce que le baron vous a demandé de faire ?

— Il détenait des textes anciens qui faisaient étalage de calculs théoriques un peu codés. Il ne m'a pas dit sur quoi il travaillait à ce moment-là. Il voulait que j'essaie de les modéliser. Puisqu'il mettait à ma disposition tout le matériel, je n'ai pas pu refuser. Je n'avais pas envie de revenir à la surface. Je ne veux pas. La vie normale, c'est fini pour moi ! Clos cacheté !

— Et vous avez compris ce qu'il cherchait ?

— C'est à la lecture des textes que j'ai pigé qu'il était sur la trace du trésor des Templiers. Avant qu'il m'en parle vraiment.

— Il existe ce trésor ou c'est une légende ?

— Il existe. Probablement.

— La baronne affirme que son mari était près du but.

— C'est ce qu'il croyait.

— Pas vous ?

Ozantiu ne répondit pas directement.

— Il faut que je reprenne tout depuis le début.

Il se leva pour se resservir un verre.

— C'est sûr, vous ne voulez pas une lampée de rhum ?

Landowski refusa une fois encore. Son hôte parut déçu.

— En 1307, raconta le marginal, juste avant l'arrestation de tous les membres de l'Ordre au matin du 13 octobre, plusieurs maîtres quittèrent Paris et disparurent mystérieusement. Les Templiers étaient sur la sellette depuis des mois. On leur reprochait d'avoir fait fortune sur le dos des Croisés morts en Terre Sainte. Philippe Le Bel, roi de France ruiné, lorgnait sur les biens de l'Ordre. Avec l'appui du pape Clément V, il y parvint jusqu'à mener au bûcher le grand maître de l'Ordre, Jacques de Molay.

Landowski ne voulut pas paraître pour un ignare.

— Je connais l'histoire des Rois Maudits ! annonça-t-il fièrement. Quid de Kervirac dans cette affaire ?

— Le baron a fait des recherches très sérieuses pour écrire des articles d'histoire dans différentes revues. Les plus éminentes de France et même d'Europe ! Il est devenu un spécialiste de l'aventure tragique des Templiers.

— C'est pour ça qu'on l'a surnommé “Le Moine Rouge” pour faire référence aux chevaliers de l'Ordre…

— Exact ! Avec le temps, il s'est passionné. Je dirais même au-delà du raisonnable !

— Jusqu'à faire un musée au sous-sol de son château !

— Ah, vous savez ça aussi !

— J'ai visité.

— Dans les édifices religieux du coin, il a retrouvé des signes pouvant indiquer le passage ou le séjour des Templiers.

— Quels signes ?

— Une croix templière dans un cimetière du canton, un sceau dans une chapelle : deux cavaliers sur un seul cheval, avec bouclier et lance. Un écusson frappé sur une pierre d'angle de l'église d'ici. Des traces aussi des Hospitaliers de Saint-Jean-de-Jérusalem, ordre qui a remplacé les Templiers en 1099. Notamment à La Feuillée. Et puis un événement de taille l'a conforté dans sa quête.

— Un élément vraiment déterminant ?

— Essentiel ! Dans l'enceinte actuelle du parc Claude-Goude situé sur la pointe de Pen Al Lann, il y avait une villa cossue, le château Mézière. Son propriétaire l'avait fait construire en 1914. Seulement, l'accès était très difficile. Il n'y avait aucune route. Pour la petite histoire, Robert Mézière avait fait installer une voie de chemin de fer miniature avec locomotive et wagons adaptés. La belle demeure a été détruite par un incendie en 37, probablement à cause d'un court-circuit…

— Et alors ?

— Quand il a fallu faire les terrasses qui sont situées aujourd'hui sur son emplacement, les ouvriers ont trouvé des ossements dans une sorte de fosse masquée par une dalle… Il y avait aussi quelques pièces métalliques frappées de symboles templiers et divers vestiges pouvant être rapprochés de l'Ordre. De cette découverte est partie une idée folle échafaudée par Kervirac. C'était l'emplacement plus ancien encore d'un arbre dit de Saint-Louis. Au pied duquel les moines rouges de Carantec auraient été massacrés.

— D'où tirait-il cette hypothèse, le baron de Kervirac ?

— De documents, d'écrits. D'une toile ancienne conservée par la commune. De la tradition orale aussi qui colporte des histoires sur les chevaliers. Un ensemble d'éléments…

— Rien de bien déterminant quand même pour trouver ce fameux trésor !

— Peut-être mais il y a cru.

Le commissaire soupira.

— La certitude des fous ! dit-il comme s'il se parlait à lui-même.

— Il n'en est pas resté là. Il s'est attaché aux symboles : croix pattée, croix des huit béatitudes et la lettre G. Il a travaillé sur le portail monumental de l'église de Carantec. Il est du XVIIe siècle mais il provient du manoir de Kérangoaguet. Il y allait tous les jours ou presque. Il a remarqué que l'écriture ancienne du nom du manoir dans certains registres privilégiait les deux G. Une fois, par la taille, une fois la couleur. Il a cru y déceler un signe. En alchimie médiévale, cette lettre G représente la matière première.

— Il s'est fait un film, le baron ?

— Oui et non. Il n'est pas le seul à avoir trouvé des indices. C'est comme pour les prédictions de Nostradamus. Il faudrait savoir décoder !

— Et votre rôle là-dedans ?

— Il a découvert un grimoire dans la bibliothèque d'une abbaye cistercienne dont le G du nom était tracé d'une façon particulière. Le titre en était mystérieux mais très explicite pour lui.

— C'était quoi ?

— « *De la savante image de la section dorée.* »

— Ce qui veut dire ?

— G !

— Décidément !

— Il a eu un mal de chien à pouvoir consulter le livre puis à s'en emparer après des tribulations rocambolesques. Genre *Au nom de la Rose*. Il m'a raconté, je ne sais pas si c'est vrai, que sa porte de chambre était secouée plusieurs fois pendant la nuit pour l'effrayer et le forcer à quitter les lieux. Il n'avait aucune confiance dans les mets qui lui étaient servis à table et il ne voulait rien boire de ce qu'on lui proposait. Il a pu s'enfuir à la faveur d'une livraison en se cachant dans le camion avec le grimoire sous le bras.

— Qu'est-ce qu'il avait de si intéressant ce livre ?

— Il alignait des formules mathématiques qui correspondaient à des éléments que Kervirac avait pu identifier par ailleurs. Les symboles des Templiers s'y retrouvaient en bonne place. Il y avait aussi des dessins avec une mappemonde écrasée au centre. Il en a déduit qu'il s'agissait de repères du genre latitude et longitude. Mais comme il n'y comprenait rien, il l'a gardé comme un précieux objet. En attendant mieux, mais certain de son extrême importance.

— Et il est tombé sur vous un peu plus tard…

— Exactement ! Il y a cru de nouveau grâce à des connaissances mathématiques qu'il ne possédait pas. Il a relancé la machine. Il avait besoin de quelqu'un comme moi pour traduire en équations des formules cabalistiques qui foisonnaient dans son grimoire. Il m'a demandé de lire tout ça avec un esprit cartésien et d'essayer de comprendre. C'est Sophie qui a servi de messagère entre nous deux.

— C'est pour cette raison qu'on l'a souvent vue dans le coin.

— Elle m'apportait les planches et elle repartait avec mes annotations. Kervirac y réfléchissait la nuit et, le lendemain, il m'envoyait ses commentaires par le même canal.

— Quand bien même. Il n'y a rien de probant dans tout ça !

— Sauf quand il s'est intéressé de très près aux commanderies !

Landowski s'étonna encore.

— Les commanderies ?

— Les Templiers en possédaient trois, très grandes, en Bretagne, situées à Nantes, La Guerche et Carentoir. Dans le Finistère, il y en avait une, plus modeste, à La Feuillée.

— Les formules consignées dans le livre concernaient précisément ces établissements ?

— Ils étaient mentionnés sous des noms codés afin que seuls les initiés puissent les identifier. De même pour trouver leur emplacement précis. Les chiffres du relèvement indiquaient un point sur la carte qui tombait toujours à l'ouest du lieu réel. Avec cependant une régularité parfaite. Comme un écart-type. Il y avait donc une corrélation à trouver.

— Vous avez réussi à percer le mystère ?

— Par hasard ! Kervirac est venu un jour lui-même me porter une feuille couverte de signes byzantins. Il a déplié la feuille sur ma table de travail. Comme elle s'enroulait, il a posé dans le coin gauche une sorte de portefeuille allongé puis il a commenté les dessins un à un. C'est quand j'ai vu de près l'objet j'ai compris.

— Il y avait un G imprimé à chaud dans le cuir ?

— Comment le savez-vous ?

— Je le sais, c'est tout. Continuez !

— Le G, il l'a rajouté aussi en dessous de son blason sur ses enveloppes et sur son papier à lettres. Si sa femme avait accepté, il l'aurait collé partout, tant il voulait s'y identifier.

— Excusez mon ignorance. C'est quoi cette lettre ?

— C'est la lettre hébraïque “Ghimel”. C'est la troisième lettre double après Aleph et Beth. Kervirac en a fait son emblème. C'est le symbole des deux voies : celle du commun des mortels et celle de l'initié, une définition qui lui va comme un gant.

— Elle a une importance dans vos travaux ?

— Le nombre d'or en est : 1,618 !

— C'est ce coefficient qui manquait à votre formule ?

Le visage d'Ozantiu s'illumina.

— Vous ne pouvez imaginer combien c'était excitant ! J'ai introduit cette valeur en bonne place et…

— Vous êtes tombé pile sur la position astronomique des quatre commanderies !

Le mathématicien sourit largement.

— Vous suivez rudement bien pour un commissaire !

Landowski ne releva pas. Il voulut continuer à comprendre.

— Je suppose que le baron a voulu faire transposer l'exercice aux recherches qu'il avait pu entreprendre par ailleurs ?

— Dans le grimoire en question, le moine qui a rédigé le texte est souvent revenu sur la croix des huit béatitudes au lieu de se placer sur la croix pattée, plus connue. Le chiffre 8, chiffre de la résurrection et de l'harmonie, est le chiffre d'Elohim. La lettre G représente aussi le nom d'Elohim. La boucle était bouclée.

— Et le trésor repéré ?

— Pas encore ! Kervirac a trouvé mention du cairn de Barnenez. Les Templiers s'y étaient retrouvés pour une sorte de réunion secrète. Ailleurs, il a retrouvé un dessin montrant deux anneaux qui se touchaient. Sur chaque cercle, il y avait quatre positions codées. On a pu en décrypter deux situées l'une sur Saint-Pol-de-Léon et l'autre sur Lanmeur. Je passe les détails mais Kervirac a cherché aux deux endroits et il a retrouvé à chaque fois une pierre marquée de la croix pattée inscrite dans un G. Les cailloux provenaient de Barnenez.

— Ce qui l'a conforté dans sa quête !

— Le baron a donc tracé un huit sur une carte en reliant les points repérés et…

— …Ce n'est pas si simple ! Il a fallu identifier d'autres relèvements et découvrir d'autres pierres gravées. Pas toutes d'ailleurs. Ensuite seulement, on a utilisé un logiciel prenant en compte la courbure de la terre et appliquant l'orthodromie au tracé. C'est couramment utilisé pour la course au large ou pour optimiser le trajet des avions de ligne.

— Et le point où les traits se sont croisés au centre du huit se situe à quel endroit ?

— En plein sur l'île Callot !

— C'est petit et grand à la fois !

— Surtout que le petit point marqué sur la carte d'état-major couvre en réalité un tiers de l'île !

— C'est pour ça que vous avez hésité quand je vous ai demandé s'il avait trouvé le trésor ?

— Exactement ! Si nous n'avons pas fait d'erreur, on pourrait le croire sur l'île. Nos calculs l'attestent mais avant de trouver l'endroit précis où il est enfoui…

— Kervirac avait sa petite idée en séjournant ici trois nuits.

— Il s'attendait peut-être à voir des choses. Des signes dans le ciel !

— Auxquels vous n'avez pas cru !

— Bien sûr que non ! Par contre, j'espérais davantage des recherches sur le terrain. Il aurait pu trouver mais…

— Mais ?

— On l'a enlevé.

— Dans quel but ?

— Pour qu'il ne nuise plus. Définitivement.

Landowski le regarda fixement.

— Est-ce que vous avez entendu parler d'un projet de pont ici ?

XXV

Landowski se carra devant son mug rempli à ras bord de thé odorant. Depuis quelque temps, il essayait de ne plus avoir ce réflexe automatique de dévisser le bouchon de métal d'une bouteille de whisky irlandais après chaque journée de travail. Surtout que certaines finissaient à l'aube dans d'indéfinissables déceptions ! Il attendrait la fin de cette histoire pour replonger une langue gourmande dans un verre d'alcool. Il avait besoin de clairvoyance pour avancer et réussir. Si on l'attendait au virage…

Lorraine lui avait récemment offert une boîte de thé des établissements Dammann. C'était du Darjeeling de grande classe rangé en sachets soyeux dans une boîte métal d'un vert élégant. Quand il avait ouvert délicatement le papier de protection, comme on fait pour un cadeau précieux, il avait senti monter vers ses narines le parfum des contreforts de l'Himalaya et toute l'émotion de ces jardins de thé où la finesse confine à l'amour. Et l'émotion l'avait submergé.

Depuis, il emportait toujours sa boîte fétiche avec lui et, dans la discrétion d'homme solitaire, il se confectionnait de temps en temps un thé si puissant qu'il s'en souvenait pendant des heures. Pour penser plus fort !

Sa magistrate préférée l'avait mis en garde par rapport au breuvage ainsi créé. La vendeuse avait bien indiqué que le sachet était dosé pour une théière entière et non pour une tasse. À son habitude, Landowski n'en avait cure et s'il se trouvait soudain très tonique, il savait qu'il le devait au puissant alcaloïde extrait des feuilles de thé.

Il but une gorgée chaude juste à point, sans être brûlante, puis il reposa le récipient de grès sur la table encombrée. Il observa le liquide ambré qui tournait à l'intérieur dans un mouvement lent propice à la réflexion. Il se donnait des airs de chaman. Et il en sourit.

Il trouvait qu'il avait progressé. Progressé, pas résolu ! En effet, les zones d'ombre restaient grisées et les avancées vers la lumière n'avaient rien d'une sublime découverte. Mais quand même !

Il avait rencontré un personnage hors du commun, recherché par la justice, spécialiste en calcul, plongé dans l'histoire médiévale et sur le point de remonter au jour un fabuleux trésor. De quoi faire rêver les ménagères et les margoulins de tous poils prêts à lui voler la vedette en deux coups les gros !

Au moment de sa disparition, le baron de Kervirac était donc bien sur le point de retrouver le trésor des Templiers. En s'accrochant farouchement à cette fameuse lettre G, il avait progressé dans le secret au point d'établir un lien important entre le trésor et l'île Callot. Et si ses hypothèses s'avéraient être les bonnes…

À un moment ou à un autre, il avait croisé le chemin de malfaisants. Il les avait probablement suivis sur la barge de Louis Cascadec avant de disparaître. En tous cas, l'étui portant sa marque si originale s'était retrouvé dans les mains d'un certain Franz Renner, contant fleurette sur les bords de la Penzé à une Marilyn de bazar.

Et cet Autrichien avait aussi cherché des champignons en terre ligérienne probablement avec ces concepteurs originaux qui auscultaient la terre de l'île Callot. Pour construire le plus beau pont du siècle ? Il avait bien du mal à le croire.

Landowski se reversa du thé. Est-ce que Kervirac avait quelque chose à voir avec ce projet de pont ? Était-il propriétaire de terrains susceptibles d'être dans l'emprise du chantier ? En cherchant le trésor, n'avait-il pas nui aux projets de cette entreprise Vril qui semblait étudier la géologie des lieux pour implanter un ouvrage d'art ? Était-il un obstacle à ce projet pharaonique visant à faire de l'île Callot une perle touristique ? Ou bien est-ce que tout cela n'était qu'un superbe leurre ?

Landowski aurait pu parler de bien d'autres choses avec ce Thomas Ozantiu. Il s'en était bien gardé. Chacun son jardin secret. Le moment viendrait plus tard de rassembler les pièces du puzzle.

Le commissaire se fit couler un bain. Le dénouement approchait à grands pas, il le sentait comme un chasseur à l'affût. Tout ce petit monde s'animait à deux pas de la nasse comme attiré par la puissance de l'appât.

Il se frictionna avec un savon d'Alep devenu lisse et vert à l'usage. Ce savon ne quittait jamais son nécessaire de voyage. Il en appréciait les vertus surtout quand l'enquête, comme celle-ci, lui collait des boutons !

Ozantiu aurait-il tué Sophie ? Il n'y croyait pas beaucoup mais il n'avait aucune preuve tangible pour ne pas suspecter le marginal, braconnier et mathématicien. La proximité avec la jeune fille avait pu créer des envies, des pulsions… voire un déplorable accident. Il y avait ces lettres où la passion transpirait de chaque mot, de chaque phrase. Des lettres que Caral n'avaient pas retrouvées. Écrites par qui ?

Il y avait trop de courants troubles dans cette affaire pour mettre les innocents d'un côté et les coupables de l'autre. Il créa une petite vague dans son bain. Probablement qu'il faudrait attendre un bon mascaret pour mettre de l'ordre dans tout ça. Il se sentait prêt à provoquer une vague scélérate !

XXVI

Théo s'assit sur son canapé vert olive et se versa un rhum tout en se promettant de ne plus y toucher s'il sortait indemne de cette affaire. Ce commissaire madré avait percé bien des mystères en quelques jours. Il savait des choses sur tout le monde sans presque bouger le petit doigt et, surtout, en n'étant même pas chargé de l'affaire.

Bien sûr qu'il avait été obligé de lui parler de tout, de dévoiler les recherches de Kervirac, de stigmatiser sa folie et de craindre sa mort. Que pouvait-il faire d'autre maintenant que l'histoire était en marche ?

Il avait mis en garde le baron sur le risque d'interpeller d'autres gens pour aller plus vite dans la découverte. Il avait dit que cette précipitation pouvait tout faire foirer. Il s'apercevait amèrement qu'il avait raison.

Sophie était morte. Sandra, son boche et Cascadec avaient passé l'arme à gauche. Kervirac devait les avoir rejoints. Le temps passant, il ne pouvait en être autrement. Rien de bien réjouissant surtout qu'il savait que sa responsabilité allait finir par apparaître un jour. Et si on lui demandait de comparaître…

Sûr que ce commissaire ne croyait pas un instant à cette fable de pont entre l'île Callot et le continent. Qui aurait pu tomber dans le panneau ? Il voyait les lumières la nuit. Eux aussi cherchaient.

Il entendait encore le commissaire lui parler de cet étrange médecin indochinois caché dans la campagne, un spécialiste qui entrait dans le jeu. Lui aussi connaissait Sophie.

Que de monde autour de cette jeune fille cousue de fil blanc.

XXVII

Landowski avait décidé de frapper fort. Il pouvait se montrer tout aussi magnanime qu'accusateur mais cette fois, il ne pouvait laisser passer ce manquement de base à la déontologie policière.

Il monta dans la voiture en faisant preuve d'énervement bien visible.

— Expliquez-vous, lieutenant Caral ! dit-il d'une voix forte.

Il avait sciemment repris le vouvoiement.

Il continua à vociférer :

— Il a suffi que je parle de courrier intime trouvé chez Sophie pour que vous fassiez une descente dans sa chambre…

Caral ne se démonta pas. Il haussa les épaules.

— L'enquête, Commissaire, l'enquête ! expliqua-t-il.

— Dont vous n'êtes pas chargé ! rétorqua Landowski, un peu surpris de constater tant de résistance.

— J'assure la liaison avec la gendarmerie, expliqua Mario Caral. Ce n'est pas une découverte pour vous, j'espère.

— Et vous leur avez balancé cette histoire de lettres d'amour ?

— Je croyais les trouver sur place. Je ne savais pas que vous les aviez prises !

Landowski serra les poings.

— Je les ai laissées où elles étaient ! Je crois vous l'avoir affirmé !

Caral se tassa contre la portière. Réflexe de défense.

— On ne les a pas trouvées dans la chambre !

— Vous en avez référé, je suppose ?

Le ton était plus calme.

— Comment faire autrement, Commissaire. Je n'ai pas envie de passer au tourniquet à cause de vous !

— J'ai encore quelques beaux restes, Lieutenant !

— Votre cote est en baisse, Commissaire. En chute libre !

— C'est Raymond Lonserand qui dit ça ?

Il constata qu'il avait touché au but. Caral devint blême et serra le volant.

— Vous pourriez recevoir une convocation du juge dans les prochains jours, menaça le lieutenant.

— À cause de cette histoire de lettres ?

— Vous disiez vous-même que c'était une dissimulation de preuves. Faudra vous expliquer ! Sur ça et…

Landowski saisit l'allusion au vol.

— Sur quoi d'autre ?

— Le couteau qui a servi à entailler les cuisses de la soubrette a été retrouvé dans les bois non loin du lieu du crime. Il appartiendrait à un marginal. Le meurtrier présumé.

— Et vous savez ça comment ?

— On a montré l'objet en question à quelques pêcheurs du port. Ils l'ont formellement reconnu. À cause d'une petite croix rouge gravée sur le manche. Un signe cabalistique, paraît-il.

— Je n'ai rien à voir avec ça. Il n'est pas à moi, ce couteau ! protesta Landowski.

— Je n'ai pas dit ça. Sauf que vous venez d'en rencontrer le propriétaire.

Landowski resta silencieux.

— Vous avez parlé avec l'assassin, insista Caral.

— C'est qui ?

— Votre ami Théo !

— Ce n'est pas mon ami.

— Pourtant vous n'avez pas fait mention de ce témoin éventuel. À aucun moment de l'enquête. Vous auriez pu. Mais vous ne l'avez pas fait. Vous vouliez donc le protéger ?

Landowski était déstabilisé par l'aplomb de son subalterne de circonstance… Il lui fallait de solides appuis pour se risquer ainsi contre un divisionnaire.

— Cet homme-là est à la disposition de la justice ! dit Landowski. Comme tout citoyen.

— Les enquêteurs auraient bien voulu l'interroger. C'est ce qu'ils vont faire d'ailleurs bientôt. Avant de l'enchrister !

— Ensuite, il faudra quand même prouver qu'il a tué !

— Le jury n'hésitera pas une seconde !

Landowski soupira. Il avait peur de perdre pied.

— Vous avez encore quelque chose à vomir, lieutenant Caral ?

— Eh oui, Commissaire. Désolé.

Il s'attendait au pire.

— Allons-y !

— L'autre jour, chez Renner, vous vous souvenez ?

— Vous étiez dans mon dos comme une larve !

— Vous dites ça parce que je vous ai vu prendre une revue porno et partir avec.

— Pièce à conviction !

— Ah bon ? Par conséquent, les enquêteurs seraient intéressés par cette revue. Vous l'avez versée à quel dossier ?

— Au mien !

— Vous ne pouvez pas mieux dire. Les juges apprécieront ! Surtout que vous avez malmené un des leurs, il n'y a pas si longtemps !*

— Je n'ai pas l'intention de cacher quoi que ce soit. C'est fini votre cirque ?

Caral sourit. Il buvait du petit lait.

— Encore une chose ! L'IGS pourrait vous interroger bientôt, dit-on. Vous et la juge Bouchet.

Landowski menaça :

— Laissez Lorraine en dehors de tout ça !

Et il quitta la voiture en claquant la porte.

*Lire *Traque Noire à Audierne*, même auteur, même collection.

XXVIII

Landowski se rua chez lui… Cette fois, il était en mauvaise posture. Il avait un peu trop tiré sur la ficelle et on allait le lui faire payer. Il fallait réagir et vite.

Sans attendre, il appela Jim :

— Écoute pote, dit-il. Grigny.

— Je suis là, Lando !

— Je n'ai plus vraiment le temps de jouer au petit soldat. Il faut que je me sorte de ce merdier et vite ! Je te donne l'adresse d'une entreprise fantôme qui fait dans le bâtiment. Tu cherches ce qu'elle vaut et tu me rappelles avant ce soir. Pas demain, hein ! Ce soir, dernier carat !

— Dis donc Lando, bonjour l'enfer !

— Ce con de Caral veut du galon. Je vais lui en donner moi de la rallonge. Il est bien manipulé et il croit à sa protection. Dur comme fer. Je vais faire sauter tout ça mais je ne veux pas me gourer. Au final, il ne s'en doute pas encore, je l'enverrai se barber à la circulation !

— Balance ton adresse pourrie que je la note.

Landowski donna les renseignements relevés sur le fourgon de l'île Callot puis il prit congé de son ami un peu brutalement. Il passa à un autre correspondant.

— Ange !
— Ouais, mec !
— Tu dois savoir pourquoi je t'appelle !
— Je t'avais prévenu de faire gaffe. J'ai su que Lonserand cherchait à te faire des misères…
— C'est moi qui vais lui en faire ! Il devra attendre encore un peu avant de crier victoire. Ce ne sera pas pour cette fois, crois-moi !
— Tu vas refaire le coup de l'île de Batz ?*
— Exact. Je vais être très mauvais joueur. Du genre crasse. Et je vais emporter la mise !
— Je te connais. Ils ont du mouron à se faire !
— J'en ai assez de ces connards qui polluent la police. Cette fois, je vais m'appuyer sur la blanche et sonner l'hallali ! Avec le PSIG de Brest.**
— Je te vois bien en Don Quichotte ! Fais péter, Lando, mais ne va pas trop loin. Je ne pourrai rien pour toi. À part t'inviter à une bonne bouffe à ta sortie !
— Toujours l'estomac, hein, Ange ! Justement, j'ai besoin de quelqu'un qui en a, de l'estomac. Tu te postes sur le port de Carantec au bord de la chaussée submersible qui va à l'île Callot. Demain. Six heures.
— Enfouraillé ?
— Comme un char d'assaut !
— J'y serai ! Tu vas pas faire du vilain, hein ?
— T'inquiète Ange, je vais tout simplement faire mon boulot de sale flic !

---

*Lire *Corps-mort à l'Île-de-Batz*.
**Peloton de Surveillance et d'Intervention de la Gendarmerie.

— Et j'attends qui moi, au bord de l'eau ? Une sirène ?*

— Je te mettrai au parfum. Ce sera un jeu de gendarmes et voleurs. Genre western, si je dois leur courir après…

— Moi je les arrête ? C'est cool !

— Joue pas au mariole ! Ils ne seront pas forcément obéissants !

Ange joua au cossard.

— J'aime quand on me résiste !

— Encore un truc. Est-ce que tu peux me débarrasser du lieutenant Caral ?

— Je vais pas buter un flic, Lando !

— Simplement l'écarter de mon chemin. Pour l'opération, je ne veux pas l'avoir dans les pattes !

Et il raccrocha. Très vite, le commissaire quitta son logement et fila vers le repaire de Thomas Ozantiu. Il ne pouvait rester sur des soupçons maintenant qu'il allait engager le grand nettoyage. Il avait envie tout à coup de parler d'un couteau. Avec une croix rouge.

Il entra brusquement dans la pièce à vivre, la porte n'étant que poussée. Comme d'habitude. Le hasard fit bien les choses. Le mathématicien préparait son nécessaire de pêche. Il tenait à la main un étrange outil. C'était une sorte de râteau muni de tiges de fer ressemblant à des petits harpons. Il en compta douze.

Landowski comprit immédiatement.

---

*Lire la prochaine enquête du commissaire Landowski, (à paraître).

— C'est avec ça que vous avez tué Louis Cascadec ?

Le braconnier eut un rictus désabusé. Il baissa le bras qui tenait le peigne original.

— Je l'ai piqué comme un hanneton, ce gros porc, expliqua-t-il. C'est de sa faute. Il venait d'étrangler sa femme et de suriner Renner.

— Si vous veniez d'être témoin d'un double meurtre, vous pouviez prévenir les gendarmes ! Ils se seraient occupés de Louis Cascadec à votre place !

— Pas possible. J'étais trop près de la maison. Il m'aurait entendu fuir. Je n'aurais pas eu la moindre chance contre lui. Cascadec, c'était un sanglier. Il m'aurait chargé jusqu'à la mort.

— Alors vous l'avez attendu au dehors ?

— Ben oui. J'ai frappé dès que j'ai pu.

— Meurtre ou légitime défense ?

— La cour le dira.

— À voir si on lui balance tout ça ! Il faudrait m'en dire un peu plus.

Ils s'assirent sur le canapé. Théo ne proposa pas de rhum cette fois.

— J'étais dans l'eau quand ils sont passés sur la barge du Louis, expliqua-t-il. Je pêchais.

— Vous les avez reconnus ?

— Non. À part Cascadec. Je suppose maintenant que le corps étendu sur le pont était celui de Kervirac. Quand je suis remonté sur la berge, j'ai vu le coup se produire. Le Louis, il a vu sa femme courir vers la maison. Elle était où elle ne devait pas être.

— Où ça ?

— Dans la cabane avec le boche ! À s'envoyer en l'air ! Il a suivi, bien trop tôt. L'autre a eu le temps de le voir. Il y a des loupiotes le long des bassins qui s'allument à la nuit pour écarter les voleurs. Louis a rejoint sa femme. Il l'a tuée à ce moment-là. Je ne l'ai su qu'après.

— Sinon vous seriez parti ?

— Probable. J'en avais rien à foutre du boche moi !

— Il s'appelait Franz Renner !

— Si vous voulez ! Le cri était horrible à entendre. Renner y est allé. Courageusement, je dois dire. J'ai pensé les aider. Sandra était une fille sympa, un peu gourde, mais gentille. Avec tout le monde. Cascadec n'était qu'une brute. Je me suis pointé. Je l'ai vu pousser Renner agonisant dehors. J'ai attendu. Je ne savais pas ce qu'il en était pour sa femme. J'ai compris quand je l'ai vu sortir à reculons. Il la tirait par une jambe.

— Et là vous lui avez enfoncé ces dents acérées dans le dos.

— D'un coup sec ! Comme pour les poissons plats. Chtac !

— Il n'a pas essayé de se défendre ?

— Vous demandez ça pour votre petite enquête ? Déjà ?

— Je suis flic vingt-quatre sur vingt-quatre !

— Il s'est débattu sans pouvoir faire grand-chose. Puis j'ai tout arraché. Inutile d'attendre. Il ne pouvait pas s'en sortir.

— On l'appelle comment votre truc ? demanda le commissaire en montrant l'objet.

— Moi je dis une fouine. Il épela. En réalité, c'est une foëne. Même prononciation à peu de chose près !

— Imparable comme engin !

— Complètement mais je ne savais pas qu'on pouvais tuer si sûrement un homme avec ça.

— On est surpris parfois des armes par destination.

Landowski songeait à un pied de parasol sur une plage de Bénodet.*

— Vous imaginez que je n'ai pas couru chez les gendarmes !

— Vous auriez dû.

— Si on faisait toujours ce qu'on a à faire…

— Vous avez raison.

On aurait dit que Landowski reprenait la phrase à son compte. Il continua :

— Vous avez perdu un couteau.

— Un couteau ?

— Ne faites pas le malin. Tout le monde sait que c'est le vôtre. Il y a une croix rouge gravée sur le manche.

Ozantiu admit.

— OK, il est à moi. C'est Kervirac qui me l'a offert.

Il ajouta très vite :

— Mais on me l'a volé ! Ici même !

— On l'a retrouvé non loin du corps de Sophie.

*Lire *Sables mouvants à Bénodet*, même auteur, même collection.

Le braconnier cacha son visage dans ses mains.

— Je suis foutu, foutu ! dit-il désespéré.

— Parce que vous l'avez tuée, c'est ça ?

Il releva la tête.

— Bien sûr que non !

— Les gendarmes vont venir vous chercher !

— S'ils me trouvent !

— C'est votre problème !

Il pensa tout de suite à la tête que Caral allait faire en ne trouvant pas l'oiseau au nid. Encore du grain à picorer pour l'IGS. Mais Landowski n'en avait rien à faire. Il allait ouvrir le bal. En fanfare. À l'aube.

Il revint vers son logement en flânant. Comme si le bonheur l'accompagnait. Il souhaitait avoir raison. Tout simplement. Une fois installé, cette fois, devant un café très fort, il composa le numéro de téléphone du château de Kervirac.

— Madame la baronne, mes hommages ! dit-il quand elle décrocha enfin.

— Si vous commencez comme ça, Commissaire…

Il sourit. La baronne n'était pas dupe. Il n'en avait jamais douté.

— Je voulais simplement vous demander où ils en sont avec leur film ?

— Chercheriez-vous une jolie femme de couleur au lieu de retrouver mon mari ?

— Madame, je vous rappelle que c'est toujours la police qui pose les questions. Vous voulez bien me répondre ?

— Pardonnez-moi si j'en pose encore une. Avez-vous un don de double vue, Commissaire ?

— Pourquoi donc ?

— Dans votre monde, vous diriez qu'il y a de l'eau dans le gaz ! Il ne reste guère que les jeunes figurantes au château. Elles errent dans les couloirs en petite tenue, attendant une hypothétique scène à tourner.

— Hypothétique, dites-vous ?

— Il faudrait surtout un réalisateur pour ça !

— Il est absent ?

— Je n'ai pas vu le metteur en scène depuis des heures ! Et j'ai vu partir l'assistant dans leur 4x4 malodorant. Il avait l'air pressé comme d'habitude. C'est le seul qui a l'air de travailler ! Il allait peut-être le chercher !

— Et Amélie ?

— La vedette ? C'est simple, elle a disparu !

XXIX

Landowski erra lui aussi pendant des heures dans sa maison de location. Il regardait le temps s'écouler avec une régularité déconcertante. Il souhaitant tout simplement que tout ce qu'il avait mis en place pour réussir un joli coup allait justement lui sourire. Il savait bien que le temps travaillait contre lui. Il avait joué très serré et il avait bien peur d'avoir forcé le destin.

Il ne comptait pas que des amis sur cette affaire bien embrouillée. Ange avait certainement pu agir pour envoyer Caral chercher le fil à couper le beurre. Il attendait le coup de fil de Jim pour conforter ce qu'il pressentait. Juan Azul était introuvable. Amélie avait disparu. Pendant ce temps, la marée allait et venait entre Callot et continent. Il avait besoin d'elle.

Il avait appelé ses autorités de tutelle. Comme il l'avait promis en s'engageant dans cette affaire. Il avait obtenu de l'aide discrète mais efficace pour demain matin.

Si d'aventure, il s'était trompé, il ne resterait personne pour le soutenir.

Il s'en foutait un peu, tant le challenge lui plaisait. Il aimait ces moments incroyables où l'adrénaline le submergeait au point de l'étouffer. Il jouait son atout dans cette partie et cette prise de risque lui plaisait.

S'il échouait, on lui trouverait un placard. Il pensa tout à coup à un collègue, patron d'une section départementale de la DST*, déplacé pour cause de changement de majorité à l'Assemblée Nationale.

Alcatraz, on l'appelait pour transformer son nom ! Landowski se souvint de matinées mémorables passées en sa compagnie à bâfrer des tripes cuisinées à la mode de Caen et arrosées d'une bouteille de blanc avant de filer dans l'usine désaffectée d'à côté pour descendre les vitrages de la toiture à coups de 357 magnum.

Il ne pouvait renier ces amitiés-là, viriles et folles à la fois, parce qu'elles avaient été sa vie de tous les jours. Il en restait des bribes parce que des pans entiers en avaient été déchirés, piétinés par le destin et la mort. Des choses que des gens comme Caral, Lonserand et toute la clique ne pouvaient pas comprendre. Une vie de flic toute simple. Mais une vraie !

Demain, il allait monter en première ligne. Et si…

Son téléphone portable vibra contre sa cuisse. Il se saisit de l'objet pour prendre la ligne sans vérifier qui l'appelait.

Il attendait Jim. C'était Lorraine.**

---

*Direction de la Sécurité du Territoire.

**Lorraine Bouchet, jeune magistrate qui croise souvent la route du commissaire Landowski.

— C'est moi, Lando ! Tu as cherché à me joindre ?

Il laissa passer un silence.

— Oui.

— Sans laisser un mot ! Toujours aussi gracieux !

— Je ne m'adresse pas à un correspondant électronique !

— Maintenant, tu m'as au bout du fil. Parle-moi !

Landowski reprit son souffle.

— Ta secrétaire t'a passé le mot pour Quiberon ? dit-il en ayant peur de la réaction.

— Juste à temps. Pour un peu, j'allais aller attendre là-bas quelqu'un qui ne viendrait pas.

— Désolé. Une affaire imprévue. Pourtant, j'espérais beaucoup de notre petite escapade.

— Moi aussi, figure-toi ! C'est vite dit, une affaire imprévue ! D'après ce que j'en sais, personne ne t'a forcé à la prendre !

— Madame Monteil…

— Elle a bon dos ta patronne.

— Disons que j'ai choisi…

Le ton monta.

— …La police ? Ce n'est pas la première fois que tu me fais le coup.

— Je vais régler tout ça demain matin à l'aube.

— Laisse donc ça aux flics de base pour une fois !

— J'en étais, donc j'en suis encore.

— Tu mettras un gilet pare-balles pour l'opération ?

— Je ne peux pas bouger avec ce truc !

— Pour une fois que tu ferais quelque chose pour moi…

— Tu es dure, Madame le juge !

— Promets-moi !

Il ne céda pas.

— Ils t'ont convoquée pour le coup de La Rochelle ? demanda-t-il.

— À la Chancellerie la semaine prochaine. Et toi ?

— Je n'ai rien.

— Dans un jour ou deux, ce sera ton tour.

Il l'entendit respirer plus fort.

— Tu regrettes de m'avoir laissé le devant de la scène ?

— Tu as choisi ton boulot, ce jour-là. Toi aussi.

Il y eut une silence. De ceux qui sont palpables.

— On s'est bien rattrapés depuis, non ? dit-elle.

Il ne répondit pas à la question et changea de sujet.

— Si tout va bien, je serai à Quiberon lundi.

Et il raccrocha.

Il constata qu'il avait reçu un message de Jim. Il le rappela immédiatement.

XXX

L'embarquement était prévu de nuit sur la plage du Kelenn. Quatre zodiacs gris avaient été discrètement déchargés de deux camions bâchés et portés jusqu'au rivage au pas de course. Le commando du PSIG attendait les ordres pour monter dans les embarcations.

Landowski s'approcha en compagnie du capitaine Laplace. Pendant quelques minutes, ils s'étaient entretenus en tête-à-tête. Le gendarme avait rappelé au commissaire qu'il était le patron de l'opération, dûment mandaté par l'autorité judiciaire dont les représentants arriveraient sur l'île Callot au petit jour. Juste après l'assaut.

Landowski n'avait pas fait la moindre objection. Il avait besoin de ces hommes pour agir et arriver au terme de l'affaire. Il n'allait pas faire la fine bouche en dernière minute.

Landowski accepta de se badigeonner le visage et d'enfiler une tenue de combat. De mauvaise grâce. Il était plutôt du genre à faire irruption dans une cage d'escalier ou dans un squat sans fioritures. La police nationale a une tradition plus urbaine que la gendarmerie. Chacun son fonds de commerce !

Le jour n'était pas loin. Il prit place dans le zodiac de tête qui appareilla sans attendre. Les autres suivirent. Le convoi décrivit une large courbe en visant la première anse, à l'est de l'île Callot.

L'effet de surprise étant essentiel, les moteurs furent stoppés à l'approche de l'île. La flottille de débarquement s'approcha de la plage à la force des poignets des rameurs.

Les bateaux pneumatiques furent tirés sur le rivage et le commando, ayant laissé une sentinelle, remonta vers la route principale. Juste à temps pour voir un nuage de fumée s'élever au-dessus de l'objectif.

— Au pas de course ! ordonna le capitaine Laplace, sentant l'urgence.

Les hommes se mirent à courir d'abord en groupe compact puis ils quittèrent la route avant de se déployer naturellement comme un parapluie aux abords de la maison.

Les portes arrière de la camionnette étaient grandes ouvertes. Le véhicule, bourré de matériel sophistiqué était en feu. C'était de là que provenait l'épaisse fumée noire. Les matières plastiques brûlaient.

D'un geste précis, Le capitaine Laplace indiqua sa position à chacun de ses hommes puis il s'approcha avec deux d'entre eux. Landowski les regarda louvoyer le long des pins, puis il s'élança à son tour, trompant la vigilance du gendarme affecté à sa protection. Il n'avait pas besoin de nounou.

Il décida de passer du côté gauche afin d'arriver

derrière la camionnette. L'incendie pouvait le masquer pendant son approche. Il manqua de tomber plusieurs fois, accrochant ses chaussures aux racines affleurantes qu'il ne distinguait pas bien.

Les deux hommes qui avaient accompagné Laplace, fracturèrent la porte d'entrée d'un coup de bélier puis ils se rabattirent contre le mur afin d'éviter des tirs éventuels, l'accès n'ayant pas été sécurisé.

Le capitaine fit les sommations d'usage. Personne ne lui répondit. Il donna alors l'ordre d'investir la maison. Des gendarmes s'engouffrèrent dans le couloir. Landowski leur emboîta immédiatement le pas.

Au rez-de-chaussée, ils ne découvrirent que des pièces vides au sol jonché de gravats. Il y avait des vitres cassées, des bouteilles d'eau et des boîtes de pâté vides. Contre un mur, on avait tiré un matelas taché en plein centre, témoignage d'une énurésie ancienne.

Laplace déploya ses hommes aux ouvertures afin de sécuriser les lieux puis il revint vers Landowski. Il se campa devant lui.

Le gendarme était une force de la nature. Il était impressionnant avec son équipement d'intervention. Noir, lisse.

De bonne guerre, le capitaine s'en paya une tranche.

— Pas beaucoup de monde dans votre cahute, Commissaire ! dit-il. Les oiseaux se seraient envolés ?

Landowski se défendit :

— Il faudra chercher partout avant que j'accepte ma défaite. La marée ne leur a pas permis de repasser sur le continent. S'ils étaient ici hier soir, comme je le crois, ils sont encore là ce matin.

— Ben, on va les chercher. Hein, les gars ?

C'est alors qu'on entendit un bruit de moteur malmené et, le jour étant levé, le groupe d'intervention vit passer sous les fenêtres une guimbarde rouge. Les deux hommes qui étaient à l'intérieur étaient secoués à cause de l'état du terrain. Ils avaient droit aux bosses créées par les racines des grands arbres. Le véhicule disparut au pignon de la maison.

— Stoppez-moi ça ! ordonna le capitaine d'un geste ferme.

Deux hommes s'apprêtèrent à bondir.

— Laissez, dit Landowski grand seigneur en sortant son téléphone portable. J'ai prévu un comité d'accueil pour les sous-fifres !

Le capitaine stoppa l'élan de ses hommes d'un geste d'apaisement puis il se retourna vers Landowski.

— On se fait le sous-sol, Commissaire ?

— On y va tous les deux !

— Belle alliance de la police et de la gendarmerie ! Je passe devant en tant que chef des opérations, décida Laplace. Je suis responsable de vous !

Un gendarme ouvrit la porte, appuya sur l'interrupteur sans obtenir de lumière. Le capitaine alluma sa torche et mit le pied sur la première marche, Landowski le suivit. Ils descendirent jusqu'à atteindre un petit palier et s'arrêtèrent. Le capitaine leva sa torche. Le faisceau jaune éclaira une scène saisissante.

Le baron de Kervirac, en chemise blanche ensanglantée et pantalon déchiré, était pendu à une poutre au bout d'un gros fil de fer qui lui avait entaillé le cou. Sa langue pendait hors de sa bouche et la blancheur de ses traits attestait d'une mort datant de plusieurs jours. Ses pieds nus, tendus à l'extrême, effleuraient le sol sans s'y appuyer.

Au corps du supplicié, on avait solidement arrimé, comme à une bouée, une femme entièrement nue qui se tenait, elle, sur ses pieds. L'équilibre de l'ensemble restait très précaire. Il aurait suffi de peu de chose pour le faire s'écrouler. Ce que la femme donnait à voir, en plus de la couleur de sa peau ne faisait aucun doute sur son identité. Il s'agissait d'Amélie.

Landowski bouscula le capitaine et descendit dans la cave envahie par la clarté du jour naissant. D'un geste caressant, il toucha doucement le dos de l'actrice. Il était tiède mais certainement en hypothermie. Il remonta vers le cou et chercha la carotide. Il constata que ce n'était pas un cadavre qu'il examinait. Le pouls était faible mais régulier.

Il dégagea le visage enfoui dans la chemise du mort en desserrant légèrement les liens et dirigea le faisceau de la lampe. Amélie le regarda, les yeux hagards, les joues mouillées de larmes et la bouche entrouverte d'où s'échappait un épais filet de bave. Une morte vivante.

— C'est fini, dit simplement Landowski.

En haut, un gendarme cria :

— Il y a quelqu'un à l'étage !

— Laissez-le-moi ! ordonna Landowski.

Il remonta l'escalier, l'arme à la main, laissant le soin au capitaine de s'occuper de la comédienne. Arrivé au rez-de-chaussée, il leva la tête vers l'escalier.

— Je vous accompagne, dit un jeune gendarme.

— OK, mais restez derrière ! Celui-là, il est à moi !

Le duo commença son ascension. Les marches craquèrent une à une. Une fois parvenu à un degré du palier intermédiaire, Landowski s'arrêta. Il savait par habitude qu'il venait d'atteindre l'endroit fatidique dans ce genre d'exercice. En effet, il suffisait à l'agresseur posté en haut d'arroser l'escalier avec une arme automatique pour faire place nette.

Le commissaire passa la tête de biais. La voie lui parut libre jusqu'à l'étage. Il lança la lampe-torche du gendarme sur le parquet du couloir pour faire un ultime essai. En haut, rien ne bougea. Il allongea le bras pour se préparer à tirer, l'arme tenue à plat comme dans les films, et il décida donc d'y aller. Il s'avança à découvert.

C'est à ce moment-là que l'autre se montra et tira. À deux reprises. Le commissaire riposta tout en se sentant bousculé vers l'arrière. Il s'écroula dans l'escalier, touché à la poitrine. Au niveau du cœur.

Là-haut, le tireur avait bloqué la balle de Landowski dans l'épaule droite. Il abandonna mollement son arme qui ne lui était plus d'aucune utilité et il s'affaissa sur lui-même comme un sac de son.

Il regarda fixement sa victime qui s'était recroquevillée sur le palier inférieur.

Victime qui se mit à bouger en marmonnant :

— Tu vois, Lorraine, je t'ai écoutée cette fois !

Landowski se releva, dégrafa son gilet pare-balles pour respirer mieux et toisa le tireur.

— Merde, dit-il d'un cri du cœur. J'attendais Juan Azul !

Le tireur c'était Greg, l'assistant.

XXXI

Greg avait rejoint le rez-de-chaussée sans trop se faire prier. Son bras droit pendait comme une pauvre chose inutile et le sang gouttait au bout de ses doigts. Pendant ce temps, Landowski s'était changé et il avait tenté d'effacer sur son visage les peintures de guerre, obligatoires pour le camouflage. On attendait les officiels. Ils devaient rejoindre l'île par la chaussée submersible, une fois la marée basse. Landowski avait préféré différer leur arrivée afin qu'il ait le temps d'en savoir davantage. Il craignait par-dessus tout les envolées lyriques de responsables hiérarchiques pillant sans vergogne le boulot des hommes de terrain.

D'expérience, il savait combien c'était important de faire cracher le suspect juste au moment de son arrestation, à l'instant où le choc émotionnel est intense et l'espoir envolé.

Le coupable, présumé pour ménager les susceptibilités des accros du Code Pénal, est trimbalé en fourgon, menotté et groggy mais il s'habitue assez vite à son état de dépendance. Il ne prend pas conscience de tout mais il admet une chose, qu'il n'est plus libre. Peu à peu, il se met dans la peau du détenu qu'il est et il y a des choses qu'il ne dira plus. Plus jamais.

Landowski n'avait pas envie de ces silences et de

ces aveux tronqués. Il voulait tout comprendre. Avant tout le monde. Pour être sûr d'être allé au fond des choses. Le plus loin possible, tout au moins. Le plus simple était donc de battre le fer…

— Vous attendiez Juan, Commissaire ? dit l'assistant en relevant le menton par défi.

— Je croyais qu'il était du voyage, le grand metteur en scène ! répondit-il en se mettant au diapason.

— Eh non, il n'avait rien à voir dans cette histoire ! Vous vous êtes trompé de cible ! Une heure plus tard, vous auriez trouvé place nette…

— Et j'aurais continué à chercher Juan Teruel !

— Vous l'auriez certainement trouvé à la porte d'une école de jeunes filles à attendre la sortie…

— Il n'a donc pas changé !

— Il affectionne toujours la jeunesse et la nouveauté.

Greg haussa les épaules et grimaça.

— Chacun ses péchés, Commissaire, dit-il, fataliste.

— Et si nous parlions des tiens ?

— Je suppose que je suis obligé ?

— Maintenant ou plus tard…

— Vous préféreriez que je m'allonge tout de suite !

— De toute façon, tu as perdu.

— Tout perdu ! Vous ne pouvez pas si bien dire.

— Je voudrais simplement comprendre.

Greg tenta de sourire.

— Comprendre ? C'est simple et con à la fois ! Je peux avoir une chaise et un verre d'eau ?

Un gendarme lui procura le nécessaire tandis que le capitaine Laplace allégeait le dispositif en faisant sortir une partie du commando.

L'assistant se désaltéra puis s'assit lourdement. Il ramena son bras sur sa poitrine en grimaçant. Le mouvement de son épaule brisée par la balle du commissaire devait lui faire souffrir le martyre.

— Si je commence par le début…

— Ce sera d'abord pour nous dire qui tu es réellement ! coupa Landowski. J'ai quelques doutes…

Greg parut surpris. Il se redressa et lança fièrement :

— Je ne m'appelle pas Greg ! Mon nom est Georg Renner ! Franz était mon frère. Vous êtes content, Commissaire ?

— Ce n'est pas le mot juste mais continue !

— Notre grand-père était membre du NSDAP*. Il a été arrêté en avril 1945 dans les Alpes, près du lac de Mondsee dans le Salzkammergut.

— C'était un nazi de la première heure…

— Pensez ce que vous voulez. Je m'en fous ! Il appartenait à un ordre qui s'appelait "Les Frères de la Lumière".

Landowski eut du mal à réfréner un frisson qui le parcourait comme une décharge électrique.

— Créé en 1919 par Karl Haushofer, précisa-t-il, je connais. Et il y faisait quoi ton aïeul dans la montagne ?

---

* *National-Sozialistische Deutsche Arbeiter Partei*, le parti qui a porté Hitler au pouvoir.

— Il y était en mission spéciale depuis un an pour protéger le Vril 7.

— C'était un vaisseau spatial, non ?

— Un prototype. Le lac servait pour faire des essais en plongée. Il fallait tester la résistance à la pression du fuselage de l'engin.

— On dit que le Vril 7 a pu voler une dernière fois en direction de l'Amérique du Sud en emportant des dignitaires nazis en fuite. Tu confirmes ?

— Notre père est resté discret sur ça. Il avait promis de se taire. Je ferai comme lui.

— Qu'est-ce que vous venez faire là-dedans, vous, les deux frères Renner ?

— Notre père nous a laissé une cantine verte remplie de dossiers en nous disant qu'il y avait tout le nécessaire pour reconstruire le Vril 7 et…

Georg Renner grimaça puis se ressaisit.

— Quitter la terre ! ajouta-t-il.

— Pour aller où ?

— Vers le système solaire d'Aldébaran situé dans la constellation du Taureau.

Landowski s'énerva.

— Vous avez cru à ces sornettes ?

Georg se défendit fièrement :

— Nous avons repris le flambeau de la société Vril comme nous l'avions promis tous les deux.

— Que venait faire Kervirac là-dedans ?

— Le baron était connu pour ses recherches. Dans les soirées parisiennes, on le branchait facilement sur le sujet et il devenait intarissable. Il était connu sous le nom de Moine Rouge, le surnom donné aux Templiers.

— Un doux dingue, quoi !

— En quelque sorte !

— Et une proie facile…

— Il balançait sans cesse des questions sur Internet. Il était toujours en recherche de quelque chose sur les Templiers. Franz suivait ça de près. Nous étions en préparation de notre projet et tout ce qui pouvait y toucher nous intéressait. Une fois, le baron a fait référence à la notion du Vril* pour parler de messages télépathiques. Nous avions quelque chose sur ça dans les archives du grand-père. Les télépathes de l'ordre avaient affirmé qu'ils avaient décrypté des ondes émises dans une écriture secrète des Templiers.

— C'est un peu farfelu ! balança Landowski, incrédule.

— Peut-être pas. Franz a contacté Kervirac.

— Et ils se sont rencontrés ?

— Oui. Franz lui a donné ce qu'il voulait entendre. On avait tout ce qu'il fallait dans les dossiers du grand-père pour tenir une conversation sérieuse sur le sujet. Le baron était si exalté que Franz a pu lui voler un étui en cuir. C'est dire !

— Quel était votre but à ce moment-là ?

---

*Forme d'énergie qui serait possédée par une race souterraine extrêmement puissante (concept de la science fiction).

— D'en apprendre un maximum sur la machine que nous avions à construire.

— Pour passer dans l'au-delà ?

— La société Vril y a cru en son temps.

— Chimères hitlériennes !

— Pas si folles que ça ! Les Américains ont fait disparaître pratiquement tous les documents mais ils ont poursuivi les recherches. On peut se demander où ils en sont aujourd'hui. Réellement.

— Revenons sur terre ! dit Landowski qui s'agaçait de ces dérives ésotériques, lui, un homme du concret. Il vous fallait de l'argent pour votre projet fou.

— Oui, beaucoup d'argent. Kervirac claironnait qu'il était sur le point de retrouver le trésor des Templiers. Il détenait des formules mathématiques essentielles. C'était inespéré pour nous.

— Et vous avez proposé de l'aider…

— Sur ses indications, Franz a volé le matériel nécessaire. On l'a entreposé à notre base.

— Dans la champignonnière ?

— C'est là qu'on voulait construire le vaisseau. Puis il a recruté deux spécialistes par son réseau occulte. On a squatté cette maison sous prétexte d'y faire des travaux. La propriétaire est partie en maison de retraite.

— Vous avez alors fait circuler la fausse info sur la construction du pont.

— Pour qu'on nous foute la paix, une fois sur l'île ! Franz s'est fait embaucher chez Cascadec comme couverture. Moi j'ai apporté du financement à la production et on m'a trouvé un emploi sur le film.

— Donc tout était en place pour attendre le grand jour !

— Kervirac nous a contactés en disant que les calculs étaient pratiquement terminés et qu'il fallait faire un traçage dans l'espace, comme pour une trajectoire de fusée. Il ne possédait pas le matériel suffisant pour procéder à cette opération.

— Les deux gars savaient faire ça ?

— Parfaitement ! Il existe tous les logiciels qu'on veut pour travailler sur des positions sur la croûte terrestre. C'est beaucoup plus simple qu'il n'y paraît.

— Vous n'avez pas dit tout ça à Kervirac.

— Il était ailleurs. On l'y a laissé.

— Et cette histoire de balade nocturne sur la Penzé ?

— Le baron devait apporter les derniers relevés ici. On a prévu de le faire passer de nuit. C'est moi qui ai payé Cascadec pour ne pas griller Franz. Seulement, cette brute épaisse vouait une haine terrible à Kervirac. Nous ne le savions pas. Sur la barge, il s'en est pris tout de suite à lui et il l'a blessé assez sérieusement à la tête. Il avait les mains pleines de sang d'après ce qu'on m'a rapporté. Dans la bagarre, une petite valise métallique est tombée à l'eau. Le dossier et les textes anciens, le grimoire, tout était dedans. Le secret du trésor des Templiers repose au fond de la baie !

— Tu surveillais de la berge ?

— Oui, mais je n'ai rien vu de tout ça ! Le lendemain, Franz était mort. Kervirac était très mal en point. Le dossier était perdu. On a essayé quand même avec les éléments qu'on avait.

— Et vous avez cuisiné Kervirac…

— Il le fallait bien !

— Il n'a rien pu dire, forcément ! Ce n'était pas lui qui faisait les calculs !

— On ne le savait pas !

— Et vous l'avez pendu.

— Le fil de fer, c'était pour l'impressionner et le faire parler. Je manquais de temps. Vous étiez là à rôder.

— Et la croix sanglante sur sa chemise ?

— Pour lui montrer ma détermination.

— Et tu as fait comme les amis de ton grand-père. Tu as finalement donné un coup de botte dans le tabouret pour le voir gigoter !

— J'en ai fini avec lui, il y a plusieurs jours déjà. Il n'y avait pas d'autre solution. Il était foutu, le vieux !

— Et Sophie, elle vous gênait aussi ?

— Elle avait conduit le baron jusqu'à l'embarcadère. Il lui avait fait promettre de ne rien dire avant son retour. Par amour ! Les hommes m'ont rapporté ça.

— Et vous l'avez tuée ?

— Elle risquait de tout balancer si le baron tardait à rentrer au château.

— Alors, vous l'avez attirée dans le bois pour la tuer. Ignoblement !

Georg protesta énergiquement.

— On ne l'a pas tuée. Non ! Ce n'est pas nous. On avait décidé de le faire mais quelqu'un nous a précédés ! J'ai appris sa mort comme tout le monde.

— Et Amélie ? J'ai cru un moment qu'elle était dans le coup.

— Non, mais c'était une grosse curieuse ! Elle fourrait son nez partout. Elle vous courait après. J'avais peur qu'elle en dise trop. Je l'ai emmenée avec moi quand j'ai quitté le château.

— Et tu l'as ficelée au cadavre du baron toute la nuit. Pourquoi tu as fait ça ?

— Pour la terroriser ! Et qu'elle nous foute la paix !

— Je crois que tu as réussi au-delà de tes espérances. Elle en a pour des mois à se remettre. Tu l'as cassée en mille morceaux.

Landowski laissa passer un silence. Quelque part, il avait mal.

— Et ensuite, tu l'aurais liquidée, je suppose ?

Georg Renner releva la tête. Un rictus plissait sa bouche.

— Je n'allais quand même pas m'embarrasser d'une négresse !

XXXII

Landowski sortit de la maison écœuré. Tant de bêtise, d'aveuglement et de cruauté le dépassait. Il enfonça les mains dans ses poches en appuyant fort comme pour faire sortir sa haine.

Au détour de la haie, un trio s'approcha. Deux gendarmes encadraient Thomas Ozantiu.

— On en tient un, Capitaine !

— Laissez-le, s'interposa Landowski. Il est avec moi.

Comme à regret, les gendarmes lâchèrent le mathématicien sur injonction du capitaine Laplace.

Le braconnier érudit souffla :

— Merci Commissaire ! Je suis de nouveau libre !

— Pour l'instant !

— On verra ça plus tard, hein ?

— C'est vous, le feu d'artifice ? demanda Landowski.

— Hier, après votre visite, j'ai compris qu'on allait venir me chercher. Pour le couteau et pour le reste. J'ai songé à Kervirac.

— Vous saviez où il était détenu ?

— J'ai supposé. Il m'avait parlé de cette bande d'illuminés sans trop m'en dire. Je crois qu'il comptait garder le trésor pour lui s'il arrivait à mettre la main dessus. J'ai traversé hier à la marée basse. J'ai vu arriver l'autre là avec la jolie femme. Il la forçait, j'ai bien compris. Je les ai vus s'activer à l'intérieur de la maison et autour de leur camionnette. J'ai pensé qu'ils allaient plier les gaules à la marée basse du matin. Sans Kervirac mais avec le trésor.

— Et vous avez mis le feu à leur véhicule…

— Qu'est-ce que je pouvais faire d'autre à moi tout seul ?

— Le baron de Kervirac est mort.

— Je sais.

— Vous avez gardé un dossier des recherches avec vos calculs ?

— Avec lui, ce n'était pas possible. Il donnait peu et reprenait tout. Vous voulez continuer le combat ?

— Personne ne le pourra. La mallette aux secrets est au fond de l'eau !

— Un pêcheur de palourdes la retrouvera peut-être un jour…

Un bruit de moteur attira leur regard vers le chemin. Deux véhicules apparurent. La hiérarchie reprenait ses droits. Landowski laissa le capitaine Laplace s'avancer et saluer d'un impeccable coup de raquette.

Le lieutenant Caral sortit d'une troisième voiture qui avait été distancée. Il se gara à côté des voitures officielles mais il en dédaigna les occupants qui écoutaient religieusement les explications du capitaine.

Il biaisa à la manière d'un crabe qui file vers des

rochers et rejoignit le commissaire en faisant les extérieurs.

— Souvent en retard ces temps-ci, Lieutenant ! ironisa Landowski.

— Vous l'avez votre victoire, Commissaire !

— Tu as perdu la partie !

— Cette fois seulement !

— Parce que tu crois que Lonserand va te féliciter après ça ?

— Il y aura d'autres rendez-vous.

— Tu veux insinuer qu'on va me demander des comptes pour l'affaire de La Rochelle ?

— La juge Lorraine Bouchet est convoquée la semaine prochaine !

— C'est une grande fille. Elle saura se défendre ! Et si on regarde bien, elle n'a rien fait !

— Mais vous, commissaire divisionnaire Landowski…

— Je viens de bloquer deux balles dans le buffet. Je vais passer pour un flic très courageux. On ne demande pas de comptes à un héros ! Mes salutations attristées au divisionnaire Lonserand !

Il planta là le lieutenant et il en profita pour lui piquer sa voiture. En passant devant Mario Caral qui baissait les bras, il mima un tir dans sa direction de sa main gauche pliée en forme de pistolet. Et il fila vers le continent tandis que les gendarmes s'approchaient de Thomas Ozantiu.

De l'autre côté, il retrouva Ange, assis sur le capot

de sa voiture. À quinze mètres environ, une guimbarde rouge fumait, basculée sur le côté. Des pompiers s'affairaient autour de l'épave.

— Comment tu as fait ça, Ange ? demanda le commissaire, rassuré et surpris à la fois.

— J'ai mis la cabane sur l'chien !

— Tu les as bien allumés, mes fuyards !

— Tu m'avais dit qu'on jouait dans un western ! Dès que tu m'as passé l'info, j'ai sorti ma pétoire et j'ai joué John Wayne dans Rio Lobo.

Il se croisa les bras et afficha une réelle satisfaction.

— C'est passé comme une lettre à la poste ! conclut-il.

Landowski le regarda fixement sans bouger et le temps sembla s'arrêter. Puis il fit rapidement le tour de la voiture.

— Ange, on prend ton char !

Le commissaire des Renseignements Généraux ne l'entendit pas de cette oreille.

— On se casse ?

— On a un petit boulot à terminer !

— Et mes félicitations alors ?

— J'ai mieux en magasin. Je sais qui a tué la jeune Sophie.

XXXIII

Ange conduisait à tombeau ouvert, le cigare au bec et les lunettes noires rivées sur le nez. Il ne disait pas un mot tant il était absorbé par sa conduite sportive. Landowski n'avait rien à dire non plus. En quelques secondes il avait compris. En croisant un camion frigorifique sur une route étroite, ils faillirent verser dans un champ en contrebas. Ange ne broncha pas quand son rétroviseur fut arraché par le panneau arrière du véhicule et il continua en faisant nerveusement de la fumée avec son cigare.

La ferme était blottie au creux d'un vallon, à quelques encablures seulement du château de Kervirac. La route pour y parvenir finissait par une grande boucle donnant sur la mer. Le père de Sophie descendait lentement de son tracteur comme un homme fatigué. Il fronça les sourcils en voyant les deux hommes décidés débarquer dans sa cour.

Landowski expédia les présentations puis il demanda :

— Il est là, votre fils Jean ?

L'agriculteur hésita.

— Il vient de partir. Qu'est-ce que vous lui voulez ?

Landowski répondit par une question.

— Je peux voir sa chambre ?

— C'est cette fenêtre-là, à l'étage, dit le paysan en levant le bras vers la façade.

Landowski tourna les talons. Le père s'insurgea :

— Mais vous n'avez pas le droit !

Le commissaire pressa le pas, Ange sur les talons. Ils s'engouffrèrent dans l'escalier qu'ils gravirent au pas de course sans se préoccuper du bruit qu'ils produisaient. La chambre de Jean était située tout au fond du couloir. La porte était grande ouverte. La maman de Sophie était assise sur le lit défait. Elle leva les yeux vers les policiers sans rien dire. Son visage était mouillé de larmes. Elle tenait à la main quelques enveloppes qu'elle avait froissées. Landowski tourna les talons.

— On repart déjà ? demanda Ange qui commençait à avoir du mal à suivre le mouvement.

Le père les attendait dans l'entrée. Il fit mine de vouloir les empêcher de sortir.

— Ne faites pas ça, monsieur Louarn !

L'homme s'écarta en baissant la tête.

— Où il est Jean ? demanda fermement le policier.

— Au château.

Landowski se rua au dehors, distançant Ange P. de quelques enjambées.

— Grouille !

— T'es marrant, Lando ! Je ne fais plus partie d'une équipe de choc moi !

— Bouge tes fesses, mon grand ! C'est le moment de montrer que tu n'es pas encore pourri !

Ange s'assit lourdement et enclencha la première.

— Pourri ? T'as d'ces mots des fois !

Et le gymkhana reprit de plus belle jusqu'au château de Kervirac. Une fois passé le porche moussu, le spectacle leur apparut. La baronne se tenait au bord de la terrasse, les bras le long du corps. Elle portait la même robe noire qu'à l'enterrement de Sophie. Elle avait le visage défait, probablement d'avoir été informée de la mort de son mari.

Jean était à côté d'elle. Il la tenait en joue avec un fusil de chasse.

— N'approchez pas ! cria-t-il aux policiers qui s'avançaient.

— Fais pas l'con, petit ! dit Ange, voulant calmer le jeu.

— Pourquoi tu l'as tuée, ta sœur ? demanda brutalement Landowski.

Jean s'énerva.

— Sophie n'était pas ma sœur ! Justement ! Mais elle ne voulait rien entendre.

— C'est toi qui lui as écris toutes ces lettres d'amour ?

— Oui, c'est moi ! Je les cachais dans le linge que j'apportais chaque jour. Ma mère faisait le repassage du plus gros.

— C'est pour ça qu'il n'y avait aucun timbre sur les enveloppes…

— C'est comme ça que vous avez compris ?

— C'est comme ça, mon gars !

— Elle ne voulait pas de moi. Pourtant, on pouvait bien s'aimer. On avait le droit !

— Mais il y avait un obstacle…

— Kervirac ! Kervirac !

— Tu n'aimais pas le baron ?

— Il l'avait ensorcelée. Il couchait avec elle, se vautrait sur son joli corps. Je ne pouvais admettre ça ! Il est mort. C'est bien fait pour lui !

— Tu n'étais pas obligé de tuer Sophie.

— Je lui ai dit que je savais où était son amant. Elle a accepté de me suivre dans les bois. J'avais volé le couteau de Théo, ce marginal qui habite le pavillon au bord de la plage. J'ai juste voulu l'impressionner.

— Comme un homme, hein ! Qu'est-ce qui s'est passé ?

— Elle s'est moquée de moi. Elle m'a dit qu'ils allaient partir, le baron et elle, avec beaucoup d'argent. Elle m'a nargué, puis elle m'a humilié.

— Qu'est-ce qu'elle t'a dit ?

— Rien ! J'ai pris une pierre et je l'ai frappée. Elle s'est accrochée à moi puis elle a perdu connaissance. Je l'ai allongée à terre puis je l'ai retournée.

Le commissaire avait encore eu raison sur ce coup-là.

— Tu lui as enlevé sa culotte…

— Oui. Enfin presque.

— Et tu comptais lui faire quoi ensuite ?

— Je ne sais pas, je ne sais plus. Elle a bougé un peu. J'ai frappé encore pour qu'elle ne souffre plus.

— Ensuite tu lui as écarté les jambes et tu lui as tailladé les cuisses, c'est ça ?

— Je voulais que tout ça retombe sur Théo.

— Tu t'es enfui immédiatement ?

— Non, je l'ai regardée encore un peu.

Jean baissa la tête juste un instant puis il se redressa fièrement.

— Et je m'en fous de tout ! dit-il en criant.

C'est à ce moment qu'une scène surréaliste se joua. La baronne de Kervirac écarta doucement le canon de l'arme qui était braqué sur elle et se tourna vers son agresseur.

— Arrête tout cela, Jean. Toi et moi, nous avons chacun perdu un être cher. Cela suffit pour le chagrin.

Le jeune homme parut surpris de cette attitude. Manifestement, il ne savait plus quoi faire.

La baronne esquissa un pâle sourire et lui dit :

— Jean, rends-toi. Je t'attendrai le temps qu'il faudra. Ce sera ma raison de vivre.

Le jeune homme laissa tomber son fusil de chasse. La baronne lui prit la main et serra. Ensemble, ils firent face aux policiers.

— C'est fini, Messieurs, dit-elle. Maintenant, vous pouvez l'emmener.

ÉPILOGUE

D'abord, il ne vit rien. Ou presque rien. C'était comme un magma sombre, là-bas près de l'embarcadère. Puis, il y eut des bruits sourds, étouffés, et un clapotement. La masse grise, un chaland sans doute, sembla se mettre en mouvement, lentement.

Théo gagna le bord du chenal, y déposa son panier et sa foëne puis il se releva bien droit, les poings sur les hanches. D'une voix puissante qui porta loin sur la rivière, en direction de l'embouchure, il cria :

— Dites donc vous là-bas !

Les bruits cessèrent comme si on l'écoutait.

— Ça ne va pas recommencer, le cirque !

FIN

Keruchen, le 7 janvier 2007.

Quadri Signe - Editions Alain Bargain
125, Vieille Route de Rosporden - 29000 Quimper
E-mail : editions.alain.bargain@wanadoo.fr
Site Internet : perso.wanadoo.fr/editions.bargain

EDITEURS DE BRETAGNE

Dépôt légal n°5 - 1er trimestre 2007
2e tirage - Dépôt légal n° 4 - 2e trimestre 2007
ISBN 2-914532-91-1 — ISBN(13) 978-2-914532-91-4
ISSN 1281-7813
N° d'impression : 704042
Imprimé en France

Aux Éditions Alain Bargain

Dans la collection
®*ENQUÊTES ET SUSPENSE :*

Annie Le Coz
- Les Maudits de Kérogan
- Plumes sèches à Beg-Meil
- Quimper sonne les cloches
- "Caval" à Saint-Guénolé

Marie-Françoise Marchal
- Frissons en Morbihan *(épuisé)*

Bernard Morin
- Trahison à Guerlédan

Jean-Jacques Gourvenec
- Chasse au congre à Lannilis
- Scénario macabre à Saint-Pabu

Jacques Caouder
- L'Occise des Landes
- L'Évadée de Brennilis
- Le Mort de Brest-Les Abers
- La Troménie noire
- Rumeurs mortelles à St-Renan

Patrice Rousseau
- Le faussaire de Pont-l'Abbé

Stéphane Jaffrézic
- Chili-Concarneau
- Ville bleue et beaux dégâts

Jean-Pierre Le Marc
- Matin rouge au Guilvinec
- Soirées noires à Penmarc'h
- Double vie à Loctudy
- Signes de sang à Lesconil

Cédric Labb
- Les Démons du Midi
- Les Muses de Savoie

Jérôme Lucereau
- Anévrisme
- Chef-d'œuvre meurtrier à Lorient
- L'affaire Callac *(épuisé)*

René Le Clech
- Baston chez les voileux

Jean-Luc Le Pache
- Bréhat-culpa *(épuisé)*

Philippe Lepeuple
- Samba ni loi en pays nantais
- Poulets de Brest *La mauvaise farce (épuisé)*

Bruno Ségalotti
- Filouteries en Côtes-d'Armor *(épuisé)*
- La Phalange de l'Argoat
- Breizh Conncction *(épuisé)*

Yves Horeau
- Une retraite pas très spirituelle

Luc Calvez
- Le fils du Tigre
- Les Graffeurs du Ponant

Michel Renouard
- La Java des voyous
- Les castrats de Bombay
- Requiem sur le campus
- Le bouillon de minuit
- La farine du Diable
- La Vénus de Malifeu

Jean-Christophe Pinpin
- Qui voit Groix voit sa croix
- Qui voit Sein voit sa fin
- Qui voit Ouessant voit son sang
- Qui voit Belle-Ile voit son île *(épuisé)*
- Qui voit Molène voit sa peine
- Toulouse au bout du siècle
- Traque à Hoëdic *(épuisé)*

ENQUÊTES & SUSPENSE

Aux Éditions Alain Bargain

Dans la collection

ENQUÊTES ET SUSPENSE® :

Serge Le Gall
- La secte de l'Aven
- Sables mouvants à Bénodet
- La Douarneniste et le Commissaire
- Corps-mort à l'Île-de-Batz
- Traque noire à Audierne
- Fugue mortelle en RÉ
- Le moine rouge de Carantec

Françoise Le Mer
- Colin-maillard à Ouessant
- La Lame du Tarot
- Le Faucheur du Menez-Hom
- L'Oiseau noir de Plogonnec
- Blues Bigouden *à l'Île-Chevalier*
- Les Santons de Granite rose
- Les Ombres de Morgat
- Le Mulon rouge de Guérande

Michèle Corfdir
- Le Crabe
- Mortel Hiver sur le Trieux
- Chasse à corps à Bréhat
- Larmes de fond ou le retour du crabe
- Vent contraire à Loguivy-de-la-Mer
- Herbes amères à Belle-Isle-en-Terre
- Il court, il court, le furet des Abers

Chaix d'Est-Ange
- La filière d'Arradon
- La petite dame de Locminé
- Ratissage dans le golfe
- L'Écluse de Malestroit
- Copie conforme à Larmor-Baden
- Les Truands de Saint-Goustan
- Coup de barre à Étel

Gisèle Guillo
- Dernier rendez-vous à Vannes
- Du Léman au Morbihan *(épuisé)*
- Tempête à Quiberon
- La Belle de Carnac
- Le Saigneur de Quimper
- Vol de pigeons à Arradon

Solenn Colléter
- Lettres de sang sur la Côte Sauvage

Anne-Soizic Loirat
- Lorient l'interdite

Lise Tiffanneau-Midy
- Sortie de route en Anjou

Simone Ansquer
- Téviec, le Secret

Martine Le Pensec
- Onde de choc sur Fermanville
- Angoisse sur Penmarc'h
- Lumière noire sur la Penfeld

Patrick Bent
- Erquy profite le crime
- Le macchabée du Val-André
- Saint-Cast priez pour eux !
- Hécatombe à Saint-Malo

Alex Nicol
- Mystères en Finistère
- Ça bombarde chez les Bigoudens
- Mise en bière à Sainte-Marine

Philippe-Michel Dillies
- Meurtres à Monnaie
- Chasse à Tours
- Train d'enfer à Saint-Pierre-des-Corps
- Les roses noires de Chartres

Jean-Pierre Bathany
- Camaret au Vitriol
- Double Je Nantais
- Été show à La Baule

Christophe Chaplais
- Pâté de Corbeau aux amandes amères
- Le calisson jusqu'à la lie
- Farz aux herbes de Portsall
- Addition salée au Croisic
- Salade russe aux noix de Grenoble

Firmin Le Bourhis
- La neige venait de l'Ouest *(épuisé)*
- Les Disparues de Quimperlé
- La Belle Scaëroise
- Étape à Plouay
- Lanterne rouge à Châteauneuf-du-Faou
- Coup de tabac à Morlaix
- Échec et tag à Clohars-Carnoët
- Peinture brûlante à Pontivy
- En Rade à Brest
- Drôle de chantier à Saint-Nazaire
- Poitiers, l'affaire du Parc